KB077033

일상으로의 복귀

일상으로의 복귀

한마루 문학동인회 '젊은 꿈 이야기' 제8집

초판 발행 2023년 11월 10일
초판 인쇄 2023년 11월 15일

지은이 유수지 외
펴낸이 신현운
펴낸곳 연인M&B
기 획 여인화
디자인 이희정
마케팅 박한동
홍 보 정연순
등 록 2000년 3월 7일 제2-3037호
주 소 05056 서울특별시 광진구 자양로 73 동원빌딩 5층 601호(자양동 628-25)
전 화 (02)455-3987 팩스(02)3437-5975
홈주소 www.yeoninmb.co.kr
이메일 yeonin7@hanmail.net

값 12,000원

ⓒ 한마루 문학동인회 2023 Printed in Korea

ISBN 978-89-6253-567-9 03810

한마루 문학동인회 '젊은 꿈 이야기' 제8집

일상으로의 복귀

문학에 대한 꿈과 열정,
그리고 패기를 가진 젊은이들이 모여 만들어 낸 그들만의 '젊은 꿈 이야기'

연인M&B

올해도 무사히 여덟 번째 동인지를 발간하게 되었습니다. 2년마다 돌아오는 이 자리가 올해는 유독 반가웠습니다.

한국문학의 위기는 언제나 있었습니다. 대중매체가 등장했을 때도, 디지털을 기반으로 한 멀티미디어 시대가 본격적으로 열렸을 때도 위기는 문단에 찾아왔습니다. 이제는 AI로 대표되는 기술의 발전으로 문인뿐만 아니라 모든 창작자가 큰 위기를 마주하고 있습니다. 막을 수 없는 기술의 진보 앞에 필요한 문인의 자세는, 문학의 역할은 무엇인가에 대한 고민이 깊어지는 요즘입니다.

인생에서 가장 찬란한 시기라고 불리는 20대에 글쓰기가 좋아서 모인 동인회의 시작을 기억합니다. 여전히 글을 사랑하는 우리가 모여 또 한 번 이렇게 문학의 미래를 꿈꿔 봅니다. 각자의 사정에도 불구하고 언제나 함께해 주는 우리 한마루 동인들께 감사드립니다. 아직 질문에 대한 답은 찾지 못했지만, 함께 머리를 맞대 고민한다면 정답은 아닐지언정, 좋은 방향으로 나아갈 수 있지 않을까 하는 기대를 품어 봅니다.

늘 저희를 지켜봐 주시고 문인임을 잊지 않게 일깨워 주시는 박종숙 선생님과 항상 저희의 성장을 든든하게 지원해 주시는 연인 M&B 신현운 선생님께도 감사 말씀드립니다.
 이제 한 계절만 지나면 새로운 한 해가 시작됩니다. 또 다른 내일에도 세상과 공감할 수 있는 문인들이 되겠습니다. 따뜻한 응원과 관심 부탁드립니다. 감사합니다.

2023년 가을
한마루 문학동인회장 유수지

🌸 시

시

김건영

김산울

김아영

김재영

박종숙

유명자

이혜성

김건영

2018년 『연인』 신인문학상 시 당선. 2021년 서울디지털대학교 문예창작학과 졸업 . 한마루 동인으로 활동 중이다.

작가의 말

글을 쓴다는 것은 여전히 어렵고 망설이게 됩니다. 20대 중반이 되었지만 내가 얼마나 어린 존재인지에 대해서 깨닫게 됩니다. 그럼에도 글을 쓰는 것을 생각하는 것을 놓지 않을 수 있는 기회를 주셔서 감사합니다.

중력

우리는 뉴턴의 사과다
아무도 잡아 주지 않는 가지의 끝에서
우리는 결국 굴러떨어진다
발밑에서 흐르는 중력이
끝없이 불행을 끌어당겼고
내일에 짓눌려 바닥을 구른다
그래, 불행과 함께 굴러 보자
이 크나큰 중력 속을 구르다 보면
더 크고 자유로운 우주로 굴러가지 않겠어.

우산을 움켜쥐고

하늘은 맑게 개었는데
노인의 등은 젖어 있다

감싸 줄 수 없었던 좁은 어깨
한 손에 든 우산이
수레에 담긴 노인의 하루보다
무겁게 느껴지던 날

지치고 젖은 노인의 삶
그것을 알고 있음에도 나는
위로 하나 쥐어 주지 못했다.

사소한 생명

푸른 간판 아래
좁고 낡은 횟집
작은 바다가 숨을 쉰다
그 안을 헤엄치는 바다의 그림자들
아가미에 꿰어진 시간들이
죽음을 향해 끌려간다
비릿한 냄새와 함께 흐르는 통증
바다가 잉태한 그들은
아픈 모습으로 유영한다
잘 여며진 하얀 속살들
쓰레기통에 잠긴 대가리들의
눈빛이 매섭다
입 안에서 짓이기는 그들의 삶
텁텁함에 들이킨 소주가
가슴에 얹히듯 내려앉는다.

어항

물고기를 키워 본 적이 있다
멈추어 본 적 없다는 지느러미
세상의 끝을 향해 움직이더니
늘 그렇듯 그 끝에 닿을 때면
익숙하다는 듯 돌아선다
그래 저 익숙함
우리와 참 많이 닮아 보인다
보이지 않는 벽에 닿아
돌아서는 자연스러움
어항 속에 사는 것은
물고기가 아니라 우리였다
벽이란 없을지도 모르는 어항 속에서.

비가 그치면

젖은 바닥과 마주한 회색 빛깔의 털
익숙하게만 느껴지는 배고픔
고단함이 무겁게 내려앉은 고양이
녀석은 걷는 것을 멈추지 않는다
빗줄기가 굵어질수록
늘어지는 털들이지만
삶을 향한 생기는 가득해지는데
여전히 내리는 빗물
축축하게 젖은 작은 몸뚱어리 뒤로
구름이 걷히는 듯하다.

| 시 |

김산울

서울 출생으로 서울디지털대학교 문예창작학과 졸업. 2021년 『연인』 신인문학
상 시 당선. 한마루 동인으로 활동 중이다.

곱씹어도 모를 문장을 베개 밑에 붙여 놓고
밤새 떠다니는 낱말을 좇아 악몽의 줄타기를 했다.
인터넷 검색을 해 봐도 나오지 않는 꿈의 해석
어떻게 받아들여야 할지 그냥 넘기기엔 찝찝한 기억
어른이라고 생각해야 할까.
지금은 이해할 수 없으나 결국 이해하게 될 그 말들
어른의 세계가 시의 세계인가.

침묵

긴 말로
고르고 고른
딴에는 가장 예쁜 말로
나를 위로하려는 사람
말보다 마음이 따뜻해
위로가 되기도 하지만
가만 내 얘기 들어주는
당신의 귀가
당신의 침묵이
더욱 위안이 되는 날도 있습니다.

참새

방앗간을 들르는 참새처럼
잠든 엄마 얼굴만 보면
꼭 손도장 한 번
눈도장 한 번은 찍어야
직성이 풀리고
주말이면 엄마 뒤 졸졸 따르며
재잘재잘 귀찮게 굴어야
마음이 풀린다
엄마 품으로 '쨱' 하고 드러누우면
가만 머리 쓰다듬는 엄마 손
부리로 콕콕 쪼아 대다 보면
나보다 엄마가 먼저
까무룩 잠이 든다.

인생이라는 장사치

나는 매일
작은 오해를 사고파는 사람

하루도 거르지 않고
성실히 오해를 사고
그 오해를 풀기 위해 부단히 노력하는
실속 없는 장사꾼

이러한 인생과의 인연을 그만
끊을 법도 한데
나는 이놈의 인생에게
저당이라도 잡힌 듯

끊지를 못하고
오늘도 작은 오해를 사고 말았다.

궁수

나는 매일 아침저녁으로
활시위를 당겼던 것 같은데
돌아오는 과녁에는
작은 흠 하나 없다
실력이 별로인가 하여
더욱 열심히 활시위를 당겨보다
나는 알게 되었다
나의 활시위에는 화살이 없고
간혹 화살이 있을 때에는
활시위가 없었던 것이다.

저녁노을

이른 저녁 고개 들어
아직 푸른 하늘을 본다

나의 시선은 하늘에 못 박아 놓고
하루 끝 무거운 걸음을 떼며
나는 너를 닮아 가고 있다

종일 이리저리 구르던
멍든 가슴처럼
붉어지는 하늘을 향해
후- 하고
위로의 바람 한숨 불어넣어 주면

너도 나를 따라
호- 하고
나의 머리 한 번 쓰다듬어 주고
다시 푸르게 사라진다.

| 시 |

김아영

서울 출생으로 서울과학기술대학교 문예창작학과 졸업. 2006년 『문예한국』
과 『문학시대』 시 등단. 시집 『하루치의 희망과 사랑』이 있으며, 한마루 동인으
로 활동 중이다.

늘 당신이 지켜보고 있다는 마음으로 농도 짙은 삶을 살겠습니다.

중환자실

모두 잠든 고요한 새벽
그날의 당신과 눈을 맞추었다
이렇게 오래 눈맞춤을 한 적이 있었던가
당신의 얼굴을 온전히 담아 본 적이 있었던가
젖어 있는 눈망울로 무언의 눈빛으로
모든 말을 쏟아 내던 그날의 대화가
우리의 마지막이 될 줄 당신은 알았을까
꼿꼿하던 당신의 어깨를 쓰다듬으며
그날의 나는 집에 같이 가자 했다
당신을 내 옆에 태우고
집으로 돌아가는 그 길이 간절했다
진짜 마지막이 되어 버릴까 싶어
차마 하지 못한 무수한 말들 대신
할 수 있는 거라곤
울지 않고 기다리겠단 약속뿐이었다
그리고 그 약속은 마지막 인사가 되었다.

길을 잃다

어두컴컴한 밤
아무도 없는 고요함 그 한가운데
우두커니 서 있는 누군가가 보인다

무얼 기다리는 걸까
오지 않는 버스를 기다리는 걸까
왜 하필 이곳일까

텅 비어 버린 마음 안고
우두커니 멈춰 버린 지금
어떻게 해야 다시 출발할 수 있을까

너무 먼 곳으로 와 버린 건 아닌지
때마침 울컥 쏟아지는 비에
차마 걸음을 떼지 못한다.

속도

사랑하는 이를 떠나보내고
지구를 다 덮을 만큼의 장대비가 쏟아졌다

온몸을 흠뻑 적시다 못해
마를 날 없는 나날이 반복되었다

그러다 문득 궁금했다
지구가 태양을 몇 번이나 돌아야 이 비가 그칠까

당신이 없는 삶을 어떤 속도로 살아 내야 할지
아무도 가르쳐 주지 않았다.

고양이

주차장 한구석에 스며든 녀석이
빤히 나를 쳐다본다

무얼 원하니?

언 몸을 녹이면서도
경계심을 늦추지 않는다

많이 추웠구나?

행여 불편할까 못 본 척하니
스르르 잠을 청한다

꼭 그 모습이 나와 닮았다.

김재영

대구 출생으로 단국대학교 문예창작학과 졸업. 2006년 『문학시대』 시 등단.
한마루 동인으로 활동 중이다.

작가의 말

언제부터인지 항상 저에게 부족한 것들이 무엇인지에 대한 생각으로 많은 시간
을 보낸 것 같습니다. 이렇게 시를 쓰고 저의 일상을 되돌아보며 이제는 갖고 있는
많은 것들에 감사하면서 매일을 살아가고 싶습니다.

폐점합니다

2023년 여름
밥을 먹고, 산책하고, 마트에 가고
아주 오래된 이 루틴 중 하나가 막을 내린다고 예고해 왔다

5년과 10년 그 사이
내 안에 있는 무수한 야채와 라면과
참치와 돈가스들은 이제 기억 속에서만 만날 수 있다고

시간은 흐르고 나는 옆으로 늘어날 동안
변하지 않는 것은 마트 하나였는데
기억은 그렇게 다이어트 되어 버리고
내 몸도 마음도 훌쩍 쪼그라들어 버렸다

많은 장애물이 삶을 방해하고
수많은 선택을 음해하는 동안에도
유일하게 마음놓고 고를 수 있다는 오늘의 양식은
기억 속 수많은 장소 중 삼류가 되어
이제 퇴장을 앞두고 있다

빛이 났던 위로와 웃음을 주었던 여정
이제 2023년 여름 속으로 행복하게 걸어 들어가길
그사이 나는 아주 잠깐 젊어졌고
다시 제 나이를 찾아 걸어가기로 또 한 번 다짐해 본다.

나의 3kg

무슨 생각하니
하루에도 몇 번씩 물음을 던져 보는
우리 집 돼지야, 복실아, 바보야
너는 무엇으로 만들어졌니
갈색과 검정 털로 만들어졌지

앞발이 핥고 싶을 땐, 만져 주세요
가까이 가고 싶을 땐, 냐냐 소리를 내주세요
쥐돌이를 만지고 싶을 땐, 비닐을 씹어 주세요
각종 주문에도 나는 속수무책 당해 버리고
또다시 수많은 이름 중 하나로 너를 부른다

나는 항상 해가 가장 높이 떠 있는 때에
자주 잠자는 너를 등 뒤에 두고 꿈의 패달을 밟는다
가장 염원하던 그 순간을 나는 매일 살고 있다

어느 날은 내 인생에 오래 남을 잔상을 만나기도 하는데
뒤돈 채 나를 바라보는 너를 향해 찰칵 카메라 필름 셔터를 누른다
순간 긴 시간 동안 쌓아 두었던 추억이 훗날의 이별을 포박한다

그리고 너는 비록 3kg이지만, 내 삶의 무게에서 널 빼면
너무나 가벼워질 것이라고 나는 쉽게 짐작할 수 있다
그래서 하루는 빠르지만 나는 느려지고 싶다

복실이는, 돼지는, 바보는 지금도 자고 있다
털 깊숙이 코를 묻고 냄새를 맡으며
나는 오늘의 평온과 일탈을 동시에 떠올린다

앞으로도 매일 너를 생각하고 사랑할게
이것은 다짐이 아닌 숨쉬기 같은 것이다
오래도록 영원을 꿈꾸며 나의 마음을 보낸다
사랑하는 나의 고양이에게.

수영장

털어내기 위해선
잠겨 버려야 한다 아주 깊은 물속으로
발이 닿지 않는 유일한 순간에
비로소 삶의 의미를 되찾듯이
무거운 마음의 소리는 그렇게
가장 가벼운 공기의 흐름을 타고
물 안에서 자유를 찾는다

사실 나는 자주 해이해지고 싶었다
앞이 보이지 않는 순간에 비로소 외쳐 보는 고백
나는 이 순간을 기억하기 위해
두 눈으로 시간의 셔터를 눌러 보기로 했다

환히 웃고 있는 사랑하는 얼굴들
하얀 머리카락이 숨이 되어 나의 살결을
보드랍게 어루만지고 흩어진다
미끄러운 결단과 고통의 포말은 잠깐
물웅덩이 안에서 갇혀 있기로 했다

이제 나는 물속에서 나오기로 한다
그 어느 때보다 분주하게 헤엄쳐 나오는 손길
나는 세상에서 가장 깊은숨을 들이마시고
자유는, 기쁨은 그렇게 순식간에 내 안으로 밀려 들어왔다.

새벽 4시

누군가는 눈을 뜨고 누군가는 눈을 감는 시간
돈을 잃었지만, 자유를 얻은 나는
이 시간에도 눈을 뜨고 있다
어김없이 오늘도 트럭이 집 앞에 선다
드르륵- 문이 열리고 닫히는 소리를 들으며
나는 새벽을 사는 사람을 떠올린다

자격이 되지 않아 일자리를 잃는 시대
새벽의 노동자는 어떤 자격으로 물건을 나를까
그것은 왜 하필 새벽이어야 할까
보통의 직장인이라면 겪어 보지 못한
그 길을 가기 위해 얼마나 큰 결심을 했을까

그렇다 새벽에는 결심이 필요하다
그리고 트럭 운전에도 다짐이 필요하다
하지만 소리를 고스란히 듣는 나는
아무런 결심 없이 눈을 뜨고 있을 수 있다
그것이 실직자인 것이다

다행히 아직은 통장잔고보다
내일 할 일을 생각할 수 있다
그래도 뭐라도 일이 있어 안심이다
새벽이지만 최악은 아니라고
나를 위로하며 눈을 감는다.

새 친구

죽음에도 값을 매길 수 있다면 작은 새는 얼마일까
잎사귀에 깃털을 걸고 푸른 공기에 부리를 맡기고
하늘에 발을 디뎠던 새의 먼 여행길은 이제 세상에 없다
새는 주차장 흰 선의 네모 안에 고이 포장되어 있다
언젠가 나는 그 새를 본 적도 있는 것 같다
복도 계단에서 나를 보고 고개를 갸우뚱 기울이던
그 새가 지금 이 죽은 새가 아닐까
잠깐 스치는 생각만으로도 나는 새에게 빚을 진 것만 같다
한동안 새는 그 자리에서 아무도 손대지 않는
쓰레기 더미처럼 말라 가고 있다
그 새가 같은 새라면 내가 구원했어야 했는데
늦은 후회를 씹어 삼키며 다시 떠오른 아침
새는 흔적도 없이 사라졌다
나는 그것으로 새가 진정한 자유를 찾아
훨훨 날아갔을 것이라고 믿는다
죽음도, 빚도, 절망도 없는 가장 평화로운 세계로
새는 이제 새로운 여행을 떠난다 값진 하루와 함께
그리고 비로소 나는 한없이 가벼워졌다.

박종숙

경기도 소사 출생으로 숙명여자대학교 국어국문학과, 국민대학교 문예창작대학원 졸업. 1992년 『시대문학』 시 등단. 제15회 윤동주문학상(1999), 제15회 한국민족문학상 본상(2011) 등을 수상. 시집 『날마다 받는 선물』 외 9권, 다수의 공저가 있으며 한마루 동인으로 활동 중이다.

작가의 말

코로나가 지배하던 3년은 일제강점기 같았다. 창살 없는 감옥에 갇힌 듯 숨소리마저 소리 죽여 삼켜야 했다. 이젠 마스크를 벗고 크게 웃어도 된단다. 해방의 기쁨이 이러했을까. 그동안 우린 너무 많은 것을 잃었다. 그러나 자유가 얼마나 좋은 건지 깨달았으니 얻은 것도 있음에 감사할 일이다. 자유롭게 글을 쓰고 발표할 수 있다는 것, 이 또한 얼마나 감사한 일인가? 범사에 감사하며 살아야겠다.

그럴 수만 있다면

파쇄기 속으로 빨려 들어가는 종이
새까맣게 채웠던 숱한 기록들이
잘디잘게 부서져 가루가 되고 있다
머릿속에 눌러앉은 나쁜 기억들
저 종이처럼 잘게 조각낼 순 없을까
아무리 이어 붙여도 원형을 만들 수 없는
파쇄기의 강력한 힘 앞에서
떠올리고 싶지 않은 아픔들
다시는 만나고 싶지 않은 기억들을
한 장 한 장 밀어 넣고 싶다.

옹알야옹 옹알야옹

어딘가에 새끼를 낳고 온 듯
까칠해진 털과 홀쭉해진 배
고양이는 밥 좀 달라는 듯
옹알야옹 옹알야옹 한다

며칠은 굶은 듯 너무 앙상해
얼른 먹이와 물을 내주니
허겁지겁 먹이를 삼키고는
급하게 다시 돌아선다

새끼들이 기다리는 곳으로
젖을 먹이러 가는 것일 터
산모는 사람이나 짐승이나 똑같아
먹는 것이 새끼를 살리는 일이지

옹알야옹 구걸을 해서 배를 채우고
허기에 지칠 때까지 새끼들을 또 품고 있겠지
길고양이의 모성을 보면서
마음이 짠해 빈 밥그릇만 쳐다본다.

저녁 7시 30분

늘 같은 시각
어김없이 전화를 걸면
한참을 울려야
귀에 닿는 소리 들리고
엄마!
엄마?
어린아이처럼 크게 부르면
엄마다
엄마 저녁은?
먹었지 너는 안 먹었니?
지금 뭐하셔?
테레비 보지
오늘도 아무 일 없이 잘 지내셨어요?
너 밥 먹었니? 아픈 데는 없고?
날마다 똑같은 질문과 답
갈수록 기가 어두오 엄마는
긴 대화가 안 된다
크기와 울림을 짐작으로
묻고 답하는 엄마
그래도 나는
오래오래 엄마를 부르고 싶다.

이게 소설이지

요즘 신문을 펼치고 앉으면
오늘은 또 어떤 기사를 읽게 될까
기대감과 불안감이 동시에 든다

소설에서도 못 본 사건들이 넘치는 세상
절대 일어나면 안 되는 희귀한 사건들
읽고 싶지도 않은 흉측한 일들이
지면 위에서 비웃음을 흘리고 있다

아기를 중고시장에 내놓은 엄마
아니, 엄마라 지칭하기도 싫은 여자
고양이 강아지도 제 새끼를 지키려고
기꺼이 목숨도 버리는데
어찌 사람이 이런 짓을 할 수 있을까

단돈 20만 원에 아기를 팔겠다니
그 아기가 훗날 이 기사를 보면 어쩌지
오늘 아침엔 화가 가득 차서
밥을 안 먹어도 배가 너무 부르다

소설가들 참 힘들겠다
어떤 글을 지어내야 독자가 놀랄까
세상에 있음직한 이야기가 아닌
넘치고 넘치는 희한한 사건의 바다에서.

어느 모성 앞에서

뉴스를 보다가 눈을 감고 말았다
그물에 걸린 만삭의 상어
육지에 몸이 닿자 죽음을 감지한 듯
숨을 몰아쉬며 힘을 준다
상어의 배에서 새끼가 고물고물 기어나온다
한 마리 두 마리 세 마리…
어미는 죽을힘을 다해 새끼를 내놓고 숨이 멎었다
아! 아무 말도 할 수가 없다
저 새끼들 물에 놓아주면 살아갈 수 있을까
먹이 먹는 법도 배우지 못하고
어미의 울음소리도 듣지 못한 채
사람의 손에 들리어 바닷물에 놓였다
자신이 죽는다는 것을 깨달은 어미 상어
달도 안 찼을 새끼들을 살려 보고자
안간힘을 쓰는 저 모습이라니
그것을 바라보는 수많은 어미들은
말을 잃고 울고 또 울었으리라
미안하다 미안하다
사람이 정말 미안하구나.

유명자

2013년 『문예사조』 수필, 2014년 『문학시대』 시 등단, 2016년 시집 『기적 같은 세상에』 출간, 2018년 방송대 국문과 졸업, 한마루 동인으로 활동 중이다.

작가의 말

늘 그런 생각을 합니다.
현실을 사는 기준은 간단하게 정하자.
나랑 인연 맺은 가까운 사람에게 충실하자.
생각해 보면 내가 한마루와 인연이 맺어지지 않았다면
이렇게 억지로라도 글이라는 걸 쓰고 있을까요.
그저 흘러가는 기억 속에 한 줄 문장 새겼다가 그냥 잊고 말았을 텐데
그래도 이렇게 생각하고 고민하고 모아 두었던 기억 속의
그 문장을 끄집어내어 세상 속에 펼치게 되는 것은
한마루와의 인연 때문이지요.
너무 감사한 인연에 오늘도 참 행복합니다.

나비야 나비야

꽁꽁꽁 손이 시렵던 그날
아버지 주머니 속
한 줌도 안 되던 생명체

열 식구 막내가 되어 버린
사나운 발톱, 포악한 이빨
물리고 할퀴어도

놓기 싫던 노랑 털 뭉치
눈앞에 생쥐 무섭다고
고개 돌리던 아가 냥이

물끄러미 바라보던 창밖 세상
코끝으로 스미는 꽃향기
피 속의 기억을 깨웠을까
하나 둘 물어오는 야생의 생물들은
누구에게 주는 선물이었니

이틀 나가 하루 돌아오고
닷새 나가 이틀 오더니
기다려도 기다려도
야옹 소리 들리지 않고

천변 풀숲 어디에 쓰러져 있던
노랑이가 어쩌면
우리 집 나비 같다던
엄마의 목소리가
한없이 아쉬웠다

헤아려 보니 하마 40여 년 전인데
아직도 노랑 털 뭉치만 보면
떠오르는 기억이 선명도 하다

그래
너는 우리 가족이었다.

탤런트

젊음의 샘을 찾은 듯
언제나 그대로
멈춰진 시간 속에 사는 줄 알았는데

세월의 터널 속을 지나온 그대
흔적이 남았구려
독하게도

화면 속 청춘도 저럴진데
현실 속 내 모습이야
말해 무엇해

함께 나이 듦이
위안인지
나이 듦의 확인이
서글픔인지

주인공이었던 이
엄마 역이라기에 기막혔는데
할매 역이 자연스러워질 때면
또 얼마나 놀라울까

재주 많은 이들이여
세월 좀 막아 보구려
내 모른 척 속아 줄 터이니.

플라스틱

물이 닿으면 썩는다
썩는다는 것은
다른 무언가가
그 안에서
다른 형태로 산다는 것

죽은 나무에 물이 닿으면
나무는 썩고 사라진다
죽은 이도
썩고 사라진다
모두 움직이지 않으면
썩고 사라진다

플라스틱에 물이 닿으면
물만 썩고
닦으면
물만 사라진다

세상엔 결국 플라스틱만 남을 것 같다.

푸른 양재천

과천에서 시작해
서초를 지나 강남을 거쳐
송파에 이르러 탄천과 한강으로 빠져나가니
참으로 비싼 땅덩이만 구경하며 흘러가는 물이로다

중심에서 밀려난 사람들의
보금자리를 밀어내고 들어선
높고도 비싼 집들
그들의 정원처럼
멋지게 치장한 예쁜 천
그 역사도 하마 30여 년

꽃길을 거닐던 젊은 연인들
그들 닮은 아기 안고 와
물장구치며 즐거운 건
또 순간일 뿐

아가들은 자라서
굳건한 청년이 되고
젊었던 애기 엄마 중년을 지나
이마에 굵은 주름
천만큼 깊어졌건만
양재천 짙푸른 녹음은 아직 한창 푸르다

다시 세월 지나
나는 더 이상
갈 데 없이 늙어지고
흐려진 눈에
저 높은 마천루가 희미해져도
양재천 녹음은 더 짙어지기만 하리니

꽃 피고 꽃 지고
푸른 잎이 하늘거리다
낙엽 되어 구르고
그 위에 하얀 눈 쌓여도
다시 꽃 피면 돌아가는
양재천은 변함없이 푸르기만 하겠네.

구력

비비고 깎고 휘감아 쳐도
쉽게 무너지지 않아
선수 출신 아닌 담에야
그리 만만치 않지
쌓인 구력이 얼만데
허망하게 지지 않음이야

어리고 감각 좋은 하수
아무리 치고 올라와도
판판이 이기기 어려울 걸
구력이 하루아침에 쌓이지는 않거든
탁구대 위의 승부란
실력 위에 구력

신 김치 넣고
물 적당히 붓고
마늘 대충 한 숟갈
참치액도 조금
파 한 줌 송송 썰어 넣으면
그냥 맛난 찌개 완성
주부 30년 구력이 어디 가겠어

웃으면서 하는 저 말은

나에게 꼽을 주려고 하는 말
알지만 그냥 웃어 준다
쓸데없이 내게 큰 소리를 친다고
그깟 소리가 무서울 나이인가
반 백 년 넘은 세월
무슨 일인들 없었을까

살아 보오
구력이 시간 지난다고
저절로 쌓이는가
무언가를 한 거다
꾸준히
희안하게 오는 볼 쳤고
반찬 해 먹었고
이 상처 저 상처 눈물로 땜질했지

바퀴 달렸다고
자동차가 저 혼자 가나
기름 넣고 시동 걸고
핸들 잡고 액셀 밟아야 가지
자꾸자꾸 하다 보면
잘하든 못하든
그것이
구력

저 절로 가는 건
스님밖에 없다네.

이혜성

울산광역시 출생으로 경기대학교 문예창작학과와 세종사이버대학교 한국어학과 졸업. 「문예사조」 시 등단. 시집 「짧아지는 연필처럼」이 있으며, 한마루 동인으로 활동 중이다.

만 나이로 따지자면 지금 저는 20대 끝자락에 서 있습니다. 아직 많다고 할 나이는 아니지만, 해가 거듭될수록 시간이 빠르게 느껴집니다. 점점 빨리 흐르는 시간 속에서, 잡아야 할 것들은 많아지지만 놓치는 것들이 더욱 늘어 갑니다. 나에게 있어서 진짜 중요한 것들이 무엇인지 생각해 보는 시간이 많아졌습니다. 그리고 감사한 사람들, 감사한 일들도 말이지요. 저를 서 있을 수 있게 지탱해 주는 수많은 사랑의 손길들에 감사할 따름입니다.

시골 고양이

시골 이모 댁에 내려갈 때면
눈동자가 유리구슬 같은
고양이 가족이 마당에 있다

다가오지 못하는 경계의 움직임이
점점 나를 낮아지게 만들고
어느새 납작 엎드리게 한다

눈높이를 맞추고 먹을 것을 드밀며
괜찮아, 해치지 않아

백날을 말해도 쉽지 않다

통하지 않는 말과 표정
녀석이 조금씩 다가오려 할 때면
옳지 옳지, 조금 더

행여나 놀라 도망가면 도루묵
굉장히 조심스레 구슬을 꿰듯
보이지 않는 줄타기

어느새 까끌한 혓바닥으로
손바닥을 조금씩 핥아 보는 녀석
드디어 쓰다듬어 보는 짤막한 머리털

경계를 풀고 품속에 올라타
같이 사진도 찍어 본다
연예인만큼 사진 찍기 어려울 줄이야

한번 친해지기 차암 어렵다
유리구슬 같은 눈동자의
황갈색 그 녀석.

작탁의 메시지

옛 중국에서 태어나
많은 이들이 즐기는 놀이
동남서북[1] 바람 부는 마작판 위
오롯이 담긴 우리네 삶

처음부터 다 가지고 태어날 가능성
낮디 낮은 이 세상
하나를 가지려면
하나를 버려야 한다

내 손에 들어온 것들
모두 좋아 보여
전부 가지려 하면
아무것도 할 수 없는 것

너무 게을러 적게 가져도
돌이킬 수 없다
열셋도 열다섯도 안 되고
열넷의 패로 이루어야 하는 승리

기다리고 기다리다 끝내
원하는 하나를 얻었을 때

---

1) 마작에서 앉는 자리를 정할 때, '동서남북'이 아닌 '동남서북'이라고 말한다.

그때 그 기쁨
우렁찬 승리의 외침

실점의 절망 속에서도
이번에는 할 수 있다
아른거리는 역전의 그림자가
다시 패를 집어 들게 만드는

오래 사랑받아 온 놀이
패들이 몸 부대끼는 소리마저
참새 지저귐처럼 경쾌한 매력
오늘도 열심히 패들을 섞는다.

챔피언

배가 좀 나왔지만 운동을 좋아했고
족구를 즐겼던 아버지
중학생이 되어서도 깡말랐던 나는
마흔이 훌쩍 넘은 아버지께
언제나 달리기를 이기지 못했다

나의 중학생 시절,
아버지의 일자리를 따라
가족이 함께 서울로 올라왔고
바쁜 회사 일과 학업으로
한참 동안 달리기를 겨루지 못했다

잘 먹고 운동하고 쑥쑥 자라
20대가 되어 적토마처럼 젊음의 운동장을 누비던 나
이쯤이면 아버지는 이길 수 있겠다
호기롭게 도전장을 내밀려 했지만
차마 내밀 수 없게 되었다

하루 종일 사무실 의자에 내맡긴 허리
제멋대로 튀어나와 족쇄가 된 디스크
어느덧 예순이 넘은 아버지의
발목을 꽈악 움켜쥐고 있는 것을

몇 번쯤 겨뤘던가 헤아릴 수 없지만
그 옛날, 기를 쓰고 달려도
앞서가던 아버지의 빠른 발
이제 나는 영영 이길 수 없게 되었다

우리 집 지붕을 떠받친
아버지의 허리가 아우성친다
달리기는커녕 걷기도 힘들다고

한번도 이기지 못했고 앞으로도 넘을 수 없는
불멸의 무패 기록을 가진
나의 챔피언, 아버지.

프린터는 오늘도

힘차게 움직이는 잉크젯 프린터
카트리지에 담긴 우리는 화려한 색색 잉크
이 종이를 변신시키고야 말겠다는 듯이
복사용지 위에 씨를 뿌리듯 수를 놓는다

흑백은 까만 잉크 묻인 것처럼
색색 잉크는 자기만의 역할이 있다
있는 곳도 하는 일도 다르지만
단 하나의 목적은
색이 없는 것에 생기를 불어넣는 것

선을 긋고 글자를 새기고
색을 채워 바꾸어 나간다
아직 우리의 색깔은 연해
짙게 드러나는 변신은 아니지만

지나간 발자국마다 흔적을 남기며
잉크가 떨어질 때까지 멈추지 않고
오늘도 우리는
생명의 씨앗을 뿌린다.

소설

이은비

| 소설 |

이은비

청운대학교 졸업. 현재는 사무 일에 재직. 현마루 동인으로 활동 중이다.

작가의 말

오랜만에 참여하게 되어 반갑고
올 한 해도 무탈하고
우리 동인 모두
항상 건필하시길 바랍니다.

뜻밖의 동거인

　수아는 생각했다. 이 방에 뭔가가 있다. 그게 뭔지 확실치는 않지만 분명 무언가가 존재하고 있었다. 이 좁은 원룸 안에 대체 뭐가 있는 거지? 수아는 옆에 놓여 있던 전기 파리채를 꽉 움켜쥐었다. 진짜 강도라면 아무 쓸모도 없을지 모르지만 빈손으로 무방비하게 당하는 것보단 이편이 훨씬 더 나았다. 그는 전기 파리채를 전설의 무기마냥 양손으로 틀어쥐고서 소리가 난 방향을 향해 살금살금 걸어갔다. 부스럭거리는 소리가 다가갈수록 점점 더 선명하게 들린다. 방 한 귀퉁이에서 들려오는 소리, 별일 아닐 거라 되뇌면서도 자꾸만 겁을 먹고 긴장하게 된다. 수아는 손에 꼭 쥔 전기 파리채를 아래로

휘두르며 소리의 정체를 확인했다.

"죽어라 이 바퀴ㅂ…!"

전기 파리채로 내려치기 직전 수아의 손이 허공에서 멈춘다. 바퀴벌레인 줄 알았더니 아니었다.

"고양이?"

방 모퉁이에서 부스럭거리던 소리의 정체는 다름 아닌 고양이었다. 수아가 출근할 때마다 들고 다니는 텀블러 크기의 작은 고양이. 덩치로 봐선 확실히 성묘는 아니다. 들어올 틈이 전혀 없는데 어디로 들어왔는지 정말 모를 일이었다. 방충망이 설치된 창문은 확인해 보나마나 굳게 닫혀 있었다. 수아는 이 원룸으로 이사 온 이후 한번도 창문을 열어 본 적이 없었다. 가능성이 있다면 현관뿐인데. 아까 현관문을 열고 방으로 들어올 때 따라 들어왔나? 무언가 따라 들어오는 기척은 느끼지 못했는데 이상한 일이 아닐 수가 없다. '대체 어떻게 들어왔지?' 생각에 잠긴 수아의 발 아래로 새끼고양이가 발목을 톡톡 건드린다. 수아는 발아래를 내려다보며 한숨을 푹 내쉬었다. 일단 오늘밤만큼은 데리고 있어야겠다. 주인을 찾아 나서기에는 시간이 너무 늦었다. 지금 자도 다섯 시간밖에 자지 못한다. 수아는 불을 끄고 침대에 몸을 뉘였다. 하루 이십 분으로 제한한 에어컨도 마저 끄고 눈을 감자 고단한 몸이 빠르게 잠속으로 빨려들었다. 전신이 어둠 속으로 가라앉는 기분이다. 잠들기 직전 왼뺨 근처에 닿는 간질거림을 의식하며 그는 잠이 들었다.

다음 날 아침. 수아는 오른쪽 옆구리에서 웅크리고 자고 있는 따뜻한 온기에 눈을 떴다. 고릉고릉 기분 좋은 숨소리에 절로 웃음이 나온다. 요새 들어 이렇게 자연스레 웃음이 나온 적이 없었는데 이상한 일이었다. 그는 옆에서 자고 있는 아기 고양이의 몸을 머리부터 등까지 한번 쓸어 주고는 서둘러 출근 준비를 마쳤다. 아침 아홉 시부터 오후 여섯시까지 점심시간을 제외한 모든 시간을 숨 돌릴 틈도 없이 바쁘게 일하다 녹초가 되어 집으로 돌아온다. 파김치가 된 기분. 수아는 피곤에 찌든 몸을 겨우 가누며 집으로 돌아왔다. 현관문을 열고 안으로 들어서자

"야옹."

작은 고양이의 울음소리가 신발장 옆에서 들려오며 그를 반긴다. 수아는 몸을 숙이면서 고양이의 머리를 쓰다듬었다.

"잘 있었어?"

이제 고작 하루 함께 지냈는데 벌써부터 눈앞의 이 작은 동물이 친근하다. 저 작은 몸을 비비며 친밀함을 표시하는 고양이의 행동 때문일지도 모른다. 귀엽다. 몸에 가득 축적된 피로가 풀리는 기분조차 든다. 수아는 고양이의 머리를 두어 번 더 쓰다듬어 주고는 근처 애완동물 가게에서 사 온 고양이 사료를 안 쓰는 접시에 담아 방 한구석에 내려놓았다.

"밥 먹어. 야옹아."

고양이의 밥을 챙겨 주고 수아는 자신의 저녁도 차리기 시작했다.

간단하게 라면을 끓여 먹으며 그는 고양이를 어찌할지 고민했다. 하룻밤 정도는 어찌어찌 데리고 있을 수 있었지만… 이 방은 반려동물 금지였다. 애초에 계약할 때 계약서에 명시된 사실이었다. 키우는 일은 어불성설이었다. 그냥 내보내야 할까? 하지만 너무 어려 보인다. 몸집도 너무 작고, 무엇보다 사람을 너무 좋아했다. 이대로 내보냈다가 나쁜 사람이라도 만나면 큰 해코지를 당할까 걱정이다. 가뜩이나 동물학대는 사회적으로 많은 이슈가 되고 있었다. 그리고 혹시라도 집고양이가 멋대로 집을 나와 길을 잃고 헤매고 있었다면. 길을 헤매다 아주 우연히 그의 방에 들어왔는지도 모른다. 이 경우 주인을 찾아 주는 게 도리라는 생각이 든다. 진짜 어떡하지… 고민 끝에 수아는 우선 주인을 찾는다는 글을 인터넷에 올려 보기로 결심했다. '그럼 고양이 카페에 가입해야 하나?' 수아는 라면을 먹으며 휴대폰으로 고양이 카페를 검색해 보았다. 정확도가 가장 높은 카페로 들어가 회원가입을 하고 짧게 문의 글을 올린다.

〈**동 근처 새끼 고양이를 주움. 생후 두 달로 추정, 털색은…〉

라면을 먹으며 글을 올리고 있자니 어느새 밥을 다 먹은 고양이가 수아의 곁으로 다가와 몸을 비빈다. 야옹. 겨우 하루 같이 지났을 뿐인데 친근감을 표시하는 고양이가 그저 귀엽고 안타깝다. 주인이 있는 고양이라면 지금쯤 많이 걱정하고 있지 않을까 생각이 든다. 아니 생후 두 달이면 어미 고양이가 찾고 있는 건 아닐까? 하지만 이렇게 사람 집에 제멋대로 들어온 걸 보면 길고양이는 확실히 아니고.

"그런데 넌 진짜 어떻게 들어온 거니 야옹아."

고양이의 턱을 긁어 주며 물어보지만 돌아오는 대답은 고르릉 편안한 숨소리뿐이었다. 수아는 다 먹은 빈 그릇을 설거지하기 위해 자리에서 일어났다. 설거지를 하는 내내 고양이는 그의 발아래서 떠나지 않았다. 애교가 상당히 많은 고양이였다. 수아는 고양이를 안아 들고 침대로 올라갔다. 고양이가 또다시 기분 좋은 울음소리를 낸다.

"이것 봐라? 나한테 애교를 부리네?"

동물의 애교는 난생처음이기에 수아는 고양이의 행동이 마냥 신기했다. 이래서 반려동물을 입양하는 모양인가 봐. 나도 기회가 되면 한번 길러 봐?

"빨리 주인 찾아오면 좋겠다. 주말에는 전단지라도 붙여 볼까."

고양이가 그의 곁에 몸을 붙여 눕는다. 하긴 생후 2개월이면 한참 온기가 필요할 시기이긴 하지. 수아는 고양이의 등을 토닥이며 눈을 감았다. 하루라도 빨리 주인을 찾았으면 좋겠다.

고양이와의 본의 아닌 동거는 일주일간 지속됐다. 그 기간 동안 수아는 고양이의 주인을 찾아 주기 위해 인근에 전단지도 붙여 보고 가입한 동물카페들에 게시판 글도 올리며 댓글을 확인했지만 여전히 고양이 주인은 오리무중이었다.

"연락이 계속 없네. 이러면 곤란한데."

수아는 좁은 방에 늘어져 있는 고양이용품들을 보며 한숨을 푹 내쉬었다. 밥그릇, 사료, 고양이 전용 모래, 깃털 장난감 등등. 필수품만 산다는 게 방안의 삼분의 일을 채울 만큼 늘어나 버렸다. 이걸 다 어쩐다. 아직까진 집주인에게 걸리지 않았지만 들키는 건 어차피 시간문제였다 고양이가 그를 보고 울 때마다 수아는 조마조마한 마음에 천장을 올려다보기 일쑤였다. 혹시라도 위층에 들리는 날엔 쫓겨날 게 분명했다. 그럴 순 없어. 수아는 생각했다.

'내가 어떻게 이 방을 얻었는데 이보다 더 싼 보증금의 방은 서울권에 없다고. 절대 쫓겨날 수 없어.'

애초에 다른 갈 곳이 없다. 부모에게 손을 빌리기엔 그분들도 사정이 여의치 않았다. 이 삭막한 도시에 그는 혼자였다. 수아는 왼손의 엄지손톱을 잘근잘근 씹으며 고양이 카페를 다시 살폈다. 오늘도 게시판 글에 달린 댓글은 한 개도 보이지 않는다. 혹시 버려진 걸까? 그 가능성만은 제발 아니길 바라며 수아는 노트북의 화면을 닫았다. "야옹." 고양이가 수아에게 다가와 다리에 머리를 콩 부딪친다. 번팅? 일종의 애정 표시라고 고양이 카페에서 본 거 같다. 일주일 같이 있었다고 애정 표시를 해 오다니. 수아는 고양이의 작은 머리를 손가락으로 쓸어 주며 쓸쓸하게 웃었다.

"나도 차라리 널 키울 수 있다면 참 좋은데. 그렇지만 남의 집 얹혀사는 신세는 동물 하나도 마음대로 키울 수가 없어. 그래도 같이 있는 동안은 최선을 다해서 네 진짜 주인을 찾아 줄게."

신기하게도 수아의 말에 화답이라도 하듯 고양이 울음소리를 낸다. 수아는 조금 놀란 표정으로 고양이를 내려다보다 웃음을 터뜨렸다. 이런 재미에 다들 고양이를 키우나 보다. 수아는 이 애교 많은 고양이가 무척이나 마음에 들었다. 주인을 찾게 되면 돌려줄 때 조금 슬플지도. 그는 품에 고양이를 안아들고 쓰다듬으며 혼잣말로 중얼거렸다.

"이름은 못 지어 주겠지만 그래도 함께하는 동안은 사이좋게 지내자. 대신 시끄럽게 굴면 안 돼. 주인집에서 알면 쫓겨날지도 모르거든. 어라? 야옹아 너…"

수아는 고양이를 들어올렸다. 몰랐는데 요 일주일 사이 상당히 자라 있었다. 고양이가 원래 이렇게 빨리 자라는 동물인가. 아무리 한참 자라나는 성장기의 고양이라지만 너무 빨리 자라는 거 아닌가. 수아는 고양이를 품에 안아 보았다. 확실히 처음 발견했을 때보다는 안는 느낌이 달랐다. 이상한 일이었다. 딱히 무언가 영양가 있는 음식을 준 일도 없는데. 싸구려 사료 하나 사서 챙겨 준 일이 전부였다. 잘 먹고 잘 자란다니 그건 기쁜 일이지만 그래도 이건 너무 빨리 자라는 게 아닐까 생각이 든다. 이상한 기분에 수아는 안고 있던 고양이를 내려놓았다. 묘하게 기분이 나빠진 탓이었다. 고양이가 그런 수아의 기분을 눈치챘는지 그의 발치에서 몸을 비비며 애교를 피운다. 내가 무슨 생각을 이런 어린 고양이에게. 지나친 과민반응이다. 수아는 고양이의 머리를 한 번 쓰다듬어 주고는 잠자리로 들어갔다. 이제 곧 주말이니까 전단지를 좀 더 넓은 반경으로 붙여 봐야겠다.

정신없는 한 주를 보내고 드디어 주말이 됐다. 그새 고양이는 좀 더 자랐고 수아는 어쩐지 초조하고 불안한 마음에 밤새도록 전단지를 만들어 프린트한 후 거리로 나왔다. 어제 밤새도록 만든 전단지를 길거리 벽마다 붙이며 수아는 동네를 돌아다녔다. 무더운 8월의 날씨에 돌아다니려니 얼마 돌아다니지 않았는데도 온몸이 땀으로 축축하게 젖어들었다. 조금만 움직여도 이렇게 힘들다니 조금 운동 부족일지도. 수아는 속으로 생각하며 전단지를 붙이던 손을 잠시 멈추고 숨을 골랐다.

"후우…"

등을 펴고 숨을 고르던 그의 등 뒤로 말을 거는 목소리가 들려온다.

"저기요."

뒤를 돌아보니 머리가 희끗한 중년 남성이 수아가 붙인 전단지를 쳐다보며 말을 걸어 왔다. 수아는 만들어 온 전단지로 부채질을 하며 대답했다.

"네, 무슨 일이시죠?"

"뭘 찾고 있는 모양인가 봐 아가씨."

"아, 예 그 고양이 주인을 찾고 있어요. 제가 고양이 한 마리를 주웠는데 주인이 누군지 도통 찾을 수가 없어서."

"그렇구면. 젊은 아가씨가 착하구면 그런데 이거 사진이 좀 잘못된 것 같아."

"예?"

그는 방금 수아가 부친 전단지를 손가락으로 가리키며 말했다.

"아무것도 찍힌 게 없잖나. 봐 그냥 텅 빈 방만 찍혀 있잖는가."

그럴 리가. 수아는 황급히 전단지의 사진을 살펴봤다. 분명 휴대폰으로 가장 선명하게 찍힌 사진으로 골랐었다. 그런데 텅 비어 있다. 사진 속에는 아무것도 찍혀 있지가 않았다. 수아의 어수선한 방만 찍혀 있을 뿐이었다. 이게 어떻게 된 거지? 분명 제대로 찍은 기억이 나는데 인쇄할 때 뭔가 잘못됐나 아니면 포토샵으로 전단지 만들 때 이미지 편집하는 과정에서 실수를 했나. 수아는 남은 전단지를 품에 안고 허둥지둥 집으로 돌아왔다. "야옹." 집에 돌아오자마자 고양이가 그를 반긴다. 이제는 거의 성묘 사이즈가 된 고양이가. 수아는 고양이를 보자마자 의문 속으로 빨려들었다. 대체 왜 안 찍혔을까. 그렇지만 어젯밤 전단지를 만들 때 분명 제대로 확인하고 사진을 사용했었는데. 내가 잠결에 잘못 본 걸까? 머리가 어지럽다. 사방이 빙글빙글 도는 기분이 든다. 수아는 어지러운 머리를 부여잡고 집으로 서둘러 들어갔다. 빈 벽에 텅 빈 방만 찍혀 있는 전단지의 사진이 그저 당황스럽고 어이가 없다. 잘못 찍은 사진을 잘못 보고 사용했다. 멍청한 실수를 저질렀다. 이게 다 잠을 제대로 못 잔 탓이었다. 요 일주일간 꿈자리가 뒤숭숭해서 잠을 설쳤다. 누군가 자신을 지켜보는 느낌. 절대 착각이 아니었다. 집요하리만치 쳐다보는 시선에 놀라 잠을 깨면 아무도 보이지 않는다. 그의 옆에서 골골거리며 잠을 청하는 작은 고양이 한 마리뿐. 그렇게 한번 잠을 깨면 다시 잠들지 못하고 꼬박 밤을 새워야 했다. 그러길 꼬박 일주일의 시간이 흘렀다. 수면이 턱없이 부족하다. 그 때문에 이런 어처구니없는 실수를 저질렀나 보다. 수아는 그렇게 억지로 자신을 납득했다. 그거 외엔 다른 이유를 찾을 수가 없다. 잘못 프린트한 전단지는 한쪽으로 치우며 수아는 다시 고양이를 사진으로 찍었다. 이번에는 실패 없이… 고양이의 얼굴과 털의 특색이 잘 드러나도록 다각도로 사진을 찍은 후 USB를 연결에서 노트북에 업로드를 한다.

"으응…"

갑자기 참을 수 없는 졸음이 밀려왔다. 놀란 마음이 진정된 탓일지도 모르겠다. 졸음을 참기 위해 눈가를 문질러 보지만 소용이 없다. 수아는 졸음을 꾹 참고 노트북에 사진이 업로드되기만을 기다렸다. 사진을 다 옮기면 한숨 좀 잤다가 일어나서 다시 작업해야지. 이번에는 제대로 해야… 눈앞이 흐릿하다. 머릿속이 말랑말랑해져 생각이란 걸 더는 할 수가 없다. 옆에서 고양이가 울음소리를 내며 수아를 바라본다. 그런데 저 고양이가 저렇게 덩치가 컸던가?

졸음을 참다 참다 그대로 잠이 들었나 보다. 정신을 차렸을 때는 불 꺼 놓은 방안이 제법 어둑해진 뒤였다. 사진 업로드는 어떻게 됐지? 수아는 불을 켜기 전 먼저 노트북을 살펴봤다.

"…?"

그때였다. 무언가가 그의 등 뒤에서 휙 지나간다. 뭐지? 서늘한 기운을 내뿜는 어떤 시선이 수아의 뒤통수로 확 꽂혔다. 수아는 무서

움에 고개도 돌리지 못하게 그 자리에 얼어붙었다. 대체 무엇이. 확실한 건 무척이나 익숙한 시선이란 사실이었다. 어디선가 최근에 느껴 본 적이 있는. 예를 들면 최근 일주일간 그가 잠을 못 자게 만드는 원흉과도 비슷한 느낌이다. 마른침을 삼키며 수아는 주먹을 꽉 쥐었다. 이건 가위야. 그는 스스로에게 다짐했다.

'나는 아직 꿈속이고 잠에서 깨면 그만이야. 잠을 깨자. 잠을.'

손톱자국이 초승달 모양으로 날만큼 주먹을 꽉 쥐었다 풀기를 반복한다. 아프다. 아픈데 꿈에서 깨어지지가 않는다. 가위를 눌린 게 아니었다. 현실이다. 그 사실이 더 무섭다. 차라리 가위 눌린 편이 더 좋은데. 수아는 없는 용기를 쥐어짜며 힘겹게 고개를 돌려 뒤를 확인했다. 무섭지만 시선의 정체를 확인하고 싶은 마음이 훨씬 더 컸다.

고개를 휙 돌리자,

"야옹."

고양이가 그의 뒤에 앞발을 모으고 앉아 있다. 시선의 정체는 저녀석이란 말인가. 너무나도 허무한 결말이었다. 온몸의 긴장이 다 풀리며 진이 쏙 빠진다. 수아는 그 자리에서 무너지듯 바닥에 엎드렸다. 고양이였다고? 그 모든 게 다 이 작은 생명체의 시선이었다니. 그는 손만 뻗어 고양이를 끌어당겨 품에 안았다.

"야 이 녀석아, 깜짝 놀랐잖아."

그의 기분도 모르고 고양이는 고개를 갸웃거리며 수아를 바라볼 뿐이다. 수아는 입속으로 투덜거리며 고양이의 미간을 검지로 꾹 눌렀다. 솜털이 난 두 개의 작은 귀가 뒤로 접힌다. 귀엽다.

"귀여우면 장땡이지."

수아는 가볍게 투덜거리면서 고양이를 놔줬다. 고양이가 저만치 총총 걸어간다. 민들레 홀씨를 연상시키는 그 가벼운 뒷모습에 수아는 한 가지 사실을 깨달았다. 지난 일주일간 그가 정체불명의 시선에 밤잠을 설치는 동안 바로 곁에서 들리던 고양이의 숨소리가 들리지 않았었다. 오싹 소름이 돋는다. 가위눌림이 차라리 더 나았다.

깊은 밤, 수아는 도저히 잠을 잘 수가 없었다. 의식해 버린 이상 신경이 쓰이고 긴장되어서 잠이 도통 오지가 않는다. 잠들면 또 그 사실을 느끼게 될까 봐 두렵다. 그 시선은 얼음물처럼 차갑고 바늘 끝처럼 날카로웠다. 시선이 느껴질 때마다 신경이 갉아 먹히는 기분. 밤이 지나고 아침이 오면 모든 기력이 그 시선에 빨려들어 지친 상태로 하루를 시작하기 일쑤였다. 피로가 가중되다 보니 회사에서 실수도 잦아졌다. 여러모로 곤란하다. 대체 정체가 뭘까? 몰래 카메라라도 설치된 게 아닐까 싶어 집안을 뒤집어 봤지만 발견한 것은 아무것도 없었다. 지끈 머리가 아파 온다. 2023년에 귀신은 지나치게 허무맹랑한 일 아닌가. 휴대폰 하나로 지구 반대편 인간과 영상통화도 가능한 시대에 귀신은 너무하다. 수아는 있을 수 없는 일이라 강하게 부정하며 노트북을 다시 켰다. 잠은 다 잤고 전단지나 다시 만들 생각이었다.

포토샵을 켜고 이전에 만들어 둔 전단지의 기본 틀을 불러온다. 방금 전 찍어서 올린 사진 중 한 장을 불러와 전단지 틀에 맞춰 사이즈를 줄이고, 테두리를 둘러 사진을 좀 더 강조하며 수아는 온정신을 노트북 화면에 쏟았다. 글씨 폰트도 바꾸고 이리저리 꾸미다 보니 어느새 새벽을 훌쩍 넘어 버렸다. 생각보다 그럴싸한 결과물이 만족스럽다. 수아는 몇 시간 전까지 불안에 떨고 있었단 사실도 잊고 노트북 화면을 바라보았다. 새로 찍은 사진은 고양이의 얼굴이 정중앙에서 카메라를 쳐다보고 있는 모습이었다. 잘 찍혔다. 이 정도면 주인이 분명 알아보고 연락을 줄 거라 확신이 든다. 분명 그래야만 한다. 그런데 진짜 어떻게 내 방으로 들어오게 된 걸까? 방안에서 갑자기 발견된 새끼 고양이. 이런 일이 어떻게 가능한 일인지 모르겠다. 생각에 잠겨 노트북 화면을 보자니 화면의 한쪽 구석이 갑자기 일그러지는 현상을 일으킨다. 오류인가 싶어 수아는 졸린 눈을 비비며 일그러진 노트북의 화면을 바라보았다. 고양이 사진이 붙은 부분이 소용돌이 모양으로 일그러지고 있었다. 깜짝 놀란 수아는 재빨리 저장 단축키를 누르며 화면을 닫았다. 그가 단축키를 연타하는 동안 소용돌이가 점점 커지며 노트북 화면 전체를 장악한다. 일그러진 화면에 고장 난 게 아닐까 불안한 마음으로 수아는 시스템 강제종료 버튼을 눌렀다. 화면이 닫히지가 않는다. 그가 아무리 전원 버튼을 눌러도 반응이 없다.

"어, 어? 이거 대체 왜 이래?"

전원 버튼을 재차 누르며 수아는 불안한 표정으로 노트북을 바라보았다. 노트북의 화면이 깜박인다. 깜박깜박 마치 눈을 감았다가 다시 뜨는 생물의 눈동자처럼. 눈이 움직인다. 세로로 동공이 긴 눈동자가 화면 너머에서 수아를 뚫어져라 바라보고 있었다. 수아는 공포에 휩싸여 노트북 화면만 바라보았다. 단순한 버그라고 하기엔 눈동자가 지나치게 사실적이다.

'이게 무슨 일이. 나한테 대체 무슨 일이 일어난 거야.'

수아는 부들부들 떨며 뒤로 물러나려 했지만 몸이 말을 듣지 않았다. 울고 싶다. 절규하는 마음과 달리 입에서는 아무 소리도 나오지 않았다. 수아는 속이 타들어 가는 걸 느끼며 이 순간이 지나기만을 기다렸다. 방안이 점점 어두워진다. 새벽을 한참 넘었으면 밝아져야 하는데 점점 더 어두워지고 있었다. 어둡다. 어둠 속에서 수아는 노란색 눈동자와 기약 없는 눈싸움을 계속해야만 했다. 고개를 돌려 이 자리를 벗어나고 싶은 그의 의지와는 관계없는 이 상황이 너무나도 끔찍했다. 영원의 순간이 있다면 지금을 이 순간과도 같은 상황을 말함이 틀림없다. 영원한 악몽. 그런 생각이 떠오른다. 마음속에서 비명이 튀어나오다 굳게 다물린 입술에 막혀 체내에서 메아리친다. 그는 악몽 속에 갇혀 소리가 나오지 않는 비명을 계속, 계속 질러야 했다. 영원히.

"…"

다시 눈을 떴을 때는 해가 중천에 떠 있었다. 노트북 화면은 아주 멀쩡했다. 그가 밤새 작업한 전단지의 서식 화면만 보일 뿐이었다. 노란색의 눈동자는 흔적도 없이 사라졌다. 간밤의 일은 단순한 꿈이었나 싶을 정도로 그의 원룸 방안은 평화롭기 그지없었다. 이게 무슨 일이야. 수아는 손으로 뺨을 만지며 혼잣말로 중얼거렸다. 하룻밤 사이에 피부가 굉장히 거칠어졌다. 하루 사이에도 늙을 수가 있구나 그런 생각을 하며 수아는 노트북 화면을 닫았다.

"야옹."

어느새 옆으로 다가온 고양이가 그에게 밥을 달라 조르며 울고 있다. 고양이의 눈동자는 노란색이었다. 수아는 기겁을 하며 뒤로 물러났다. 아무것도 모르는 고양이가 그런 그를 그저 빤히 바라본다. 앞발을 모으고 앉은 사랑스런 모습. 수아는 숨을 헐떡거리며 고양이를 바라보았다. 우연이라고 해도 기분이 좋지가 않았다. 하루라도 빨리 고양이를 내보내야겠단 생각이 머릿속을 가득 채웠다. 생각해 보면 이 모든 일이 저 고양이가 집에 들어온 후부터 발생했다. 어쩌면 과민반응일지도 모른다. 이럴 때는 고민 상담을 할 사람이 전혀 없단 사실이 지독하게 외롭고 고통스럽다.

다시 일주일이 흐르고 수아는 초췌해진 얼굴로 카페의 게시판 글을 새로 올렸다. 그동안 살이 20kg나 빠져 버렸다. 이건 정상이 아니다. 아무 이유 없이 빠지는 살은 좋지 않은 징조였다. 수아는 아무 댓글도 달리지 않는 게시판 글에 눈물을 훌쩍이면서 등 뒤에 누워 있는 고양이에게로 시선을 돌렸다. 고양이는 상당히 자라나 그보다 큰 덩치를 자랑하고 있었다. 고양이가 저 정도로 클 수가 있나? 유럽의 특정 품종은 그럴 수 있다 들었다. 하지만 여긴 대한민국이었다. 노트북의 글자판을 두드리는 수아의 손가락이 공포로 떨린다. 처음부터 눈치챘어야 했다. 애초에 난데없이 방안에서 발견된 고양이라니. 그런 일이 가능할 리가 없었다. 그때 당장 내보냈어야 했는데. 지금은 내보낼 수도 없다. 내보내도 다시 돌아왔다. 먼 곳에 놔두고 와도 돌아오면 고양이는 방 한가운데 앉아 야옹거리며 수아를 바라보았다. 그리고 이제는 내보내기도 힘이 부칠 만큼 크게 자라났다. 고양이가 자랄수록 수아의 힘은 점점 더 약해졌다. 지금은 걷기도 힘에 부쳐 두세 발자국 걷고 멈춰 서서 헐떡이기 일쑤였다. 고양이는 배부르고 만족스런 표정으로 그루밍을 하고 있었다. 생각해 보면 먹이를 줘도 먹지 않았다. 물도 마시지 않았고 사다 준 간식에 입도 대지 않았다. 아무것도 먹지 않는데 어떻게 저렇게까지 크게 자랄 수 있었을까. 저 고양이의 먹이는 대체 뭐였을까. 수아는 살이 하나도 없이 앙상하게 말라 뼈를 드러낸 손을 바라보았다. 어쩌면 저것의 먹이는… 무섭다. 두려운 마음에 노트북 뚜껑을 쾅 닫으며 수아는 방문 앞까지 물러났다. 숨이 가쁘다. 조금 움직였는데 온몸의 뼈가 삐거덕거리며 힘이 든다. 그루밍을 멈추고 고양이가 수아를 향해 눈을 돌린다. 세로 동공의 노란색 눈동자. 애초에 고양이긴 했던가? 지난 2주간 찍은 사진들에는 그의 빈방만이 가득 찍혀 있었다. 2023년에 귀신이라니 귀신이긴 한 걸까. 저것의 정체는 뭘까? 지금까지 고양이라고 의식했는데 다시 보니 고양이도 아니었다. 뭔지 모를 형태. 왜 고양이라고 생각했는지 모를 일이었다. 어쩌면 그 생각 자체가 저것의 조종일지도 모른다는 생각이 든다. 이상하다 느끼면서도 도망가지 못하는 것도 다. 머릿속에 찬물이 끼얹어지는 기분이다. 두려움이 가중되며 머릿속은 점점 더 차갑게 식어 갔다. 계속 이렇게 남아 있으면 잡아먹힐지도 모른다고 수아는 확신했다. 도망쳐야 한다. 생존 본능이 그의 머릿속에서 경고음을 울린다. 지금까지는 저놈에게 홀려 도망가지 못했지만 깨달은 이상 이제라도 도망가야 한다. 다리가 또 움직이지 않는다. 머릿속에서 검은 안개가 일어나며 그의 생각을 훼방 놓았다. 도망갈 의지를 꺾는 공포가 외부에서 밀려 들어온다. 이건 나의 생각이 아니다. 수아는 공포심에 필사적으로 맞서며 조금씩 뒷걸음질을 쳤다. 한 걸음씩 문이 있는 방향을 향해서. 그가 움직일 때마다 노란색 눈동자가 따라오며 뚫어져라 바라본다. 눈꺼풀이 없는 서늘한 시선과 눈이 마주칠 때마다 공포심이 증가한다. 눈동자는 수아를 비웃고 있었다. 그런 느낌이 강하게 들었다. 식은땀이 턱을 타고 방바닥에 툭 떨어진다. 도망칠 수 없단 두려움이 머릿속에 파도처럼 몰아친다. 눈물이 땀과 섞여 투두둑 흘러 떨어졌다.

'넌 도망 못 가. 여기서 벗어날 수 없어.'

'아냐 할 수 있어. 난 분명.'

'못 나간다니까. 넌 저것에게서 벗어나지 못해. 뼛조각 하나, 머리카락 한 올 남김없이. 저것이 널 씹어 삼키겠지. 넌 저 녀석의 훌륭한 먹잇감이야. 넌…'

"아니야!"

수아는 젖 먹던 힘까지 쥐어짜며 소리쳤다. 비명에 가까운 소리를 지르며 그는 뒤를 돌았다. 신발을 신을 여유도 없이 그는 현관문을 열고 집 밖으로 뛰쳐나갔다. 맨발로 도로까지 미친 사람처럼 비명을 질러 대며 주변 사람들의 놀란 시선도 아랑곳하지 않고 수아는 정신없이 뛰었다. 폐에 숨이 가득 차오를 때까지 뛰고 또 뛰다 정신을 놓아 버린다. 수아는 그 자리에서 기절해 버리고 말았다. 의식이 몽롱하다. 낯선 하얀색 천장과 소독약 냄새가 맡아진다. 어디지 여긴? 졸음이 쏟아진다. 수아는 견디지 못하고 다시 눈을 감았다. 그렇게 3주의 시간을 병원에서 보냈다. 병원에 입원해 있는 동안 부모님, 친구들이 번갈아 가며 찾아왔었다. 수아는 문병을 온 사람들에게서 그가 거리로 뛰쳐나온 이후의 이야기를 소상히 들을 수가 있었다. 그는 맨발에 잠옷 차림으로 거리를 뛰쳐나와 괴성을 지르다 쓰러졌다 들었다. '그렇게 된 거구나.' 수아는 경위를 들으며 고개를 주억이다 집안 상태를 확인해 달라 아버지에게 조심히 요청했다.

"저기 아버지 실은 제가 고양이를 한 마리 주웠는데요…"

하지만 집을 다녀온 수아의 아버지는 고양이 같은 건 본 적도 없다고 한다. 수아는 공포감에 발작을 일으켰다 쓰러졌고 한 주 더 병원 신세를 지고 말았다.

퇴원 후, 수아는 집으로 돌아와 이삿짐을 챙겼다. 그 집에서는 이제 하루도 더 머물고 싶지 않았다. 부모님의 도움을 받아 계약을 해지하고 퇴원 전까지 틈틈이 이삿짐을 꾸려 놓은 탓에 퇴원하자마자

곧바로 방을 나갈 수가 있었다. 몸도 쇠약해졌기에 당분간은 부모님의 집에서 함께 살기로 했다. 수아는 짐을 차에 싣는 이삿짐센터의 직원들과 점점 비어 가는 원룸의 방을 보며 생각에 잠겼다. 그건 대체 정체가 뭐였을까? 고양이 행세를 하던 정체를 알 수 없는… 기력이 쇠해서 헛것을 본 건 아닐까?

헛것을 본 거라면 차라리 좋겠는데. 그렇지 않다는 사실이 실로 유감이다. 텅 빈 방안 곳곳을 찍은 사진에 당시의 공포가 떠오른다. 사진을 쥔 수아의 손가락이 희미하게 떨렸다. 수아는 사진을 내던지다시피 휴지통에 던져 놓으며 고개를 절레절레 저었다. 이제 끝난 일이야. 그것의 정체도 그에게 온 이유도 끝내 밝혀내지는 못했지만 그런 건 아무래도 상관없었다. 중요한 건 그것에게서 도망쳐 살아남았다는 사실이었다. 그는 생존했고 이제 그 고양이 행세를 하던 무언가는 수아의 곁을 떠났다. 더 이상의 위협은 남아 있지 않았다.

쓰다 남은 성냥을 찾아 성냥개비에 불을 붙인다. 수아는 불붙은 성냥개비를 쓰레기통에 던졌다. 계약을 중도해지할 때 듣기론 이 집에 원래 불법으로 고양이를 분양하던 장소로 쓰였었다고 한다. 그래서 그런 걸 보게 된 걸지도 모르겠다. 이제는 상관없는 일이 되었지만. 고양이를 찍으려 했지만 찍히지 않은 텅 빈 방만 찍힌 사진이 불에 타닥타닥 타들어 간다. 수아는 불씨에 타고 오그라든 사진들을 보며 크게 안도했다. 이제 괜찮다. 다 끝났다.

그는 홀가분한 마음으로 계약이 해지된 셋집에서 등을 돌렸다.

수필

유수지

이준성

유수지

서울 출생으로 연세대학교 행정학과 졸업. 2009년 『연인』 신인문학상 동화 당선. 동화집 「할머니와 틀니」가 있으며, 한마루 동인으로 활동 중이다.

작가의 말

그 어느 때보다 세상이 너무나 빠르게 변화하고 있음을 느낍니다. 그 변화 속에 자리 잡은 사회의 보편적 감성이 무엇인지, 지금 시대에 필요한 감성은 무엇인지 참 궁금한 요즘입니다.

혐오의 시대를 살아가며

우리 동네에는 '캣맘'으로 유명한 집이 있다. 대문 앞에 고양이 사료를 수북이 부어 두는 집인데, 사실 집주인을 한번도 본 적이 없으니 그 집에 '캣맘'이 사는지 '캣대디'가 사는지는 알 수 없다. 하지만 여기서는 '캣맘'과 '캣대디'를 통칭해 사회적으로 더 널리 쓰이는 '캣맘'으로 부르겠다. 어느 기사[2]에 따르면 남녀를 통칭해 '캣맘'으로 부른다고도 하니.

캣맘이란 개념이 등장한 지도 어느덧 10년이 넘은 것으로 추정된

_____

2) 정부, 캣맘이 돌보는 길고양이 수 파악하고 '가이드라인' 마련…사회적 갈등 줄인다, 조선비즈, 2023. 06. 12.

다. 한때는 캣맘에 대한 혐오 범죄가 연일 뉴스에 보도되던 때도 있었다. 길고양이에게 사료를 주던 사람이 이웃 주민에게 무차별 폭행을 당한다든가, 살해 협박받는 등의 그런 범죄. 모든 이슈가 그러하듯 집중포화 기간이 지나가며 캣맘 혐오 범죄는 언급량이 현저히 줄었다. 요즘 메인 뉴스에 캣맘 혐오 범죄가 차지하는 경우는 거의 없다. 그런데도 여전히 많은 캣맘이 지속적인 살해 협박에 시달리고, 때로는 폭행당하고 있다. 단지 고양이에게 밥을 주었다는 이유만으로.

우선 캣맘이 돌보는 '길고양이'에 관한 생각을 밝히자면 이렇다. 반려동물도 야생동물도 아닌 존재로, 야생에 살며 생존의 위협을 느낀다고 하니 안타까우나 생태계를 교란시킨다는 점에서 관리될 필요성이 있다고 생각한다. 특히 생태계 보전 필요성이 큰 지역에서 만큼은 떠도는 길고양이의 개체 수를 보다 적극적으로 관리해야 하지 않을까.

지난 대선 때 한창 투표 독려를 위해 돌던 말도 있지 않은가. 최선의 후보가 없다면 차선의 후보로. 길고양이의 개체 수도 보존하고 생태계도 안정시킬 수 있는 최선의 방법이 없다면 더불어 살아가는 공동체를 위해 차선의 방법을 택해야 한다는 게 내 생각이다.

아무튼 출근길 버스 정류장을 가기 위해선 그 캣맘 집을 꼭 지나가야 하는데, 아침마다 그곳엔 고양이는 없었다. 오히려 비둘기 떼가 몰려 내려와 사료를 먹고 있다. 그러다 내가 지나가면 일제히 힘차게 날개를 펼쳐 전깃줄 위로 올라간다.

그럼 나도 모르게 괜스레 숨을 참게 된다. 진짜인지는 모르지만 그 언젠가 들었던 '비둘기가 날갯짓을 할 때 엄청난 수의 세균과 이가 떨어진다.' 괴담을 떠올리며 말이다. 환경부에 의해 유해 조류로 지정되기도 했으니 아예 없는 말은 아닐 거라 생각한다. 아무튼 그 집 앞 아스팔트에는 새똥으로 추정되는 하얀 이물질이 덕지덕지 묻어 있는데 위생상, 미관상 좋아 보이지 않았다.

그렇다고 하더라도 지나갈 때 가끔씩 그녀가 '민폐'라는 생각은 해도 혐오하지는 않는다. 그녀도 그녀가 추구하는 가치에 따라 행동하는 것일 테니 말이다.

모든 게 빨리 변화하는 세상이다. 가끔은 이 변화 속도가 버겁게도 느껴진다. 그래서일까. '싫다'는 감정을 건너뛰고 '혐오'로 빠르게 변화하는 이 사회의 속도가 나에게는 너무 버겁다. 호불호는 본능의 영역이다. 좋은데 이유가 없고, 싫은데 이유가 없으니까. 그런데 혐오는 다르다. 혐오는 미움과 함께 공격성이 더해지는 감정이다.

나는 이 혐오 문화가 대세가 된 과정이 무척 궁금해지기 시작했다. 그건 혐오 문화에 살아가는 피로함 때문일 수도 있고, 어쩌면 간만에 얻은 휴일에 '잉여력'이 돋아서일 수도 있다.

사실 혐오 문화가 예전에는 없었던 건 아니다. 홀로코스트(유대인 대학살)로 대표되는 '인류의 가장 오래된 증오'[3]라고 불리는 반(反)유대주의가 그 예다.

그런데도 왜 유독 요즘을 '혐오의 시대'라고 표현할까.

이야기가 나온 김에 '혐오의 시대'는 한국만의 현상만이 아닌 모양이다. "미국에서는 2021년 미국 내 증오 범죄가 전년 대비 11.6% 급증했다"[4]는 통계를 기사를 통해 접했다. 코로나 팬데믹이라는 거대한 재앙 앞에 전 세계는 멈춰 섰고, 엔데믹과 함께 찾아온 글로벌 경제위기 탓에 분노와 좌절이 쌓여 전 세계적으로 혐오 범죄가 늘었다는 시각이 대세다.

그렇다면 우리는 어떨까.

경제적 이유를 배제할 수는 없겠지만, 혐오가 대세가 된 이유를 찾다 보니 온라인 커뮤니티 '일베'의 등장을 공통으로 꼽고 있다. "2010년대 중반, '표현의 자유'를 내세운 혐오의 유희로 온라인을 물들인 일간베스트저장소는 사이버 공론장에 돌이킬 수 없는 변화를 가져왔다"[5]는 것이다. 문제는 이 '일베식 혐오'가 이제는 젠더를 떠나 한국 사회에 만연해 있다는 점이다.

---

3) 미국 뒤흔드는 '반유대주의'…'인류 역사상 가장 오래된 증오', 한국일보, 2022. 12. 08.
4) 미국서 늘어나는 증오 범죄…한해에만 1만 명 넘게 희생, 문화일보, 2023. 03. 14.
5) 김학준, 「보통 일베들의 시대」, 오월의 봄, 2022.

사실 혐오 표현은 꾸준히 인터넷상에서 재생산되어 왔다. 과거 '김 치녀', '된장녀'와 같은 여성 혐오 단어가 인기^(?)를 끌었다면 이후에는 혐오 대상에 '벌레'의 의미를 담은 '-충'을 즐겨 사용했다. 요컨대 맘 충, 설명충과 같은 혐오 표현이 인터넷상에 난무하기 시작한 것이 다. 최근에는 수많은 비하 표현이 밈[6]처럼 쓰여 혐오라는 감정 자체 가 가벼워지기 시작했다.

나는 혐오 표현은 인터넷상에서만 자유롭게 행해진다 여겨 왔다. 실제 현실에선 타인을 앞에 두고 무례하게 구는 이는 잘 보지 못했 기 때문이다. 그런데 나에게 충격을 준 이가 있었다. 팀에 신입으로 들어온 20대 친구였는데, 인터넷 댓글에서만 보던 혐오 표현을 팀원 들과의 식사 자리에서 서슴없이 이야기하곤 했다. 예컨대 음식점에서 옆 테이블에 모르는 남성 무리가 앉아 있어도 개의치 않고, '길에 다 니면 예쁜 여자는 많은데 남자는 다 못생겼다.', '길 다니면서 왜 저 언니가 저 남자를 만나지란 생각이 드는 경우가 많다.' 등의 발언을 옆 테이블에 다 들리도록 하곤 했다. 더욱 문제는 이런 워딩을 사무 실에서 시도 때도 없이 한다는 점에 있었다.

누구라도 그녀에게 그렇게 말하면 불편하다고 한 사람은 없었다. 왜냐 그때는 한창 늙은이 혐오 밈인 '꼰대'가 한창 유행할 때였기 때

---

6) 밈(meme)은 신조어 같이 단어에 국한되는 것이 아니라 인터넷상에서 유행하는 언어, 패러 디, 영상 등 인기 있는 콘텐츠 또는 어떤 유행하는 것들을 통칭하는 개념.

문이다. 누군가는 그녀를 지적했다간 '꼰대'라는 낙인을 달까 봐, 누군가는 그녀의 한쪽으로 치우친 사고의 어디부터 지적을 해야 할지 몰라서, 누군가는 나와 상관없는 회사 사람일 뿐이라 우리는 그녀가 당당하게 입 밖으로 꺼낸 혐오 발언을 애써 모른 척했다.

하지만 이제는 이런 불편한 것들에 대해 소리를 좀 내야 하나 고민하게 된다. 불편함을 그대로 넘긴 것이 점점 우리 사회를 불안하게 만들고 있는 건 아닐지 걱정되기 때문이다. 그동안 청년층이 저지른 범죄, 특히 살인과 관련해서는 젠더 측면에서 바라보는 시각이 많았다. 강남역 화장실에서 30대 남성이 20대 여성을 찔러 살해하는 사건을 필두로, '엘리베이터 폭행 부산 돌려차기 사건' 등 남성이 여성에게 위해를 가하는 사건이 빈번하게 보도됐다. 그럴 때마다 남성 가해자들이 남성은 공격하지 않는다는 비아냥이 인터넷 공론장에서 펼쳐지기 일쑤였다.

최근 우리는 그동안 많이 접하던 형태와는 다른 범죄를 목도했다. 정유정이 또래 20대 여성을 살인하는가 하며, 대낮 번화가인 신림역 칼부림 가해자 조선이 남성만을 골라 살인하는 등 그동안의 젠더 관점에서 설명되지 않는, 한국 사회에 큰 충격을 안긴 사건들이 발생했다.

퇴근길 유동 인구가 많은 '서현역 흉기 난동 사건'까지 연달아 발생한 이후 일종의 '밈'처럼 인터넷 커뮤니티에 각종 '살인 예고' 글이 올라오고 있다. 남성이 '한녀(한국 여성 비하 단어)를 살해하겠다', 여성이 '한남(한국 남성 비하 단어)을 살해하겠다'는 등 여전히 혐오가 만연하다. 사건의 본질이 혐오보다는 분노 범죄에 초점을 맞춰야 함에도 말이다.

문제는 이런 '살인 예고' 글이 그저 '밈'처럼 이루어지는 장난인지, 실제 예고인지 우리는 알 수 없다는 점이다. 요즘 나는 지하철을 탈 때 같은 칸은 이상한 사람은 없는지 관찰하게 됐다. 한번은 혼잣말을 큰소리로 외치는 사람이 있어 다른 칸으로 옮겨 타기도 했다. 아무 근거 없이 그저 혼잣말을 크게 했다는 이유만으로 나부터 그를 잠재적 범죄자로 생각한 것이다. 또 한 번은 퇴근길 동네 골목길을 혼자 걷다가 괜히 무서워 뒤에 따라오는 사람이 없는지 수십 번을 뒤돌아보기도 했다. 예측할 수 없는 위협 앞에서 긴장하고, 예민해지는 기분이다.

알 수 없는 이상 동기 범죄가 너무 빈번하게 벌어지고 있다. 많은 이들이 깊은 공포와 불안, 그리고 피로감을 느끼고 있다. 해프닝으로 밝혀진 '신논현역 대피 소동'이 바로 그 단적인 예이다. 더 늦기 전에 이 혐오 문화를 어디서부터 자정해야 할지 우리 스스로 고민해 봐야 할 때가 아닌가 싶다.

허망하게 세상을 떠난 이들에게 심심한 조의를 표하며, 다른 피해자의 빠른 쾌유와 피해자 가족 모두 온전한 일상으로의 복귀를 간절히 바랄 뿐이다. 부디 이 글이 발표될 땐 또 다른 이상 동기 범죄로 나라가 떠들썩하지 않기를 바란다.

이준성

2020년 『연인』 신인문학상 시 당선, 2021년 웹툰 스토리 각색 스튜디오 'WNM'에서 시나리오작가로 근무, 2022년 백석예술대학교 극작과 졸업, 현재 웹툰 스토리 창작회사 'FUJLAMA'에서 스토리작가로 근무, 한마루 동인으로 활동 중이다.

작가의 말

제가 기억하는 게 맞다면 제 첫 문장은 초등학교 3학년 무렵 영어학원 단어암기 시간에 끄적였던 이문열 선생님의 걸작 〈우리들의 일그러진 영웅〉 팬픽이었습니다. 솔직히 말씀드리자면 2차 창작이라기보다는 표절에 가까운 작품이었는데, 어린아이의 눈으로 보기에도 어설픈 점이 한두 군데가 아니라 얼마 못 쓰고 박박 찢어 변기에 흘려보냈던 기억이 납니다.

그랬던 제가 지금은 '작가'라고 불리고, 드물게는 필명으로도 불립니다. 격세지감이 느껴지지 않을 수 없습니다.

그러나 10년 전으로 돌아가서 아직 어린 저한테 내가 작가가 되었고, 등단도 했노라고 말해 주면, 틀림없이 "그럴 줄 알았어."라고 말할 겁니다.

꽤 많은 사람들이 "너는 작가를 하지 않는 게 좋다.", "어떤 사람은 꿈을 이루겠지만 그게 적어도 너는 아닐 거다."라고 말했습니다만, 정작 저는 한 번도 포기해 본 적이 없으니 말입니다. 피아노 영재로 뉴스에도 나오던 친구가 학업을 위해 피아노를 내려놓던 와중에도 놓아 본 적 없던 게 바로 '스토리작가'라는 꿈입니다.

작가가 된다는 목표를 이루었으니, 이제 슬슬 두 번째 목표였던 '남녀노소와 문화권을 가리지 않고 퇴근 후 집으로 돌아가는 버스에서 웃으면서 즐길 수 있는 작품을 만든다.'라는 목표도 이루어 볼까 합니다. 마찬가지로 "할 수 없어."라는 말을 진절머리나게 듣습니다만, 크게 염려하지는 않습니다.

한 10년쯤 뒤에 꿈을 이룬 제가 지금 이 순간으로 건너와서 기쁘게 자랑하면, 담담하게 "그럴 줄 알았어."라고 말할 것이므로.

■■■■

    나는 여러 운이 겹치면서 대학을 졸업하기도 전에 어느 각색 전문 웹툰 스튜디오에서 근무하게 되었다. 당시 내 역할은 런칭 준비 중인 작품의 원작 스토리나 설정을 요약정리하던 것이었다. ■■■■[7]도 원래는 그저 요약 업무를 위한 작품 가운데 하나였다. 그런데 ■■■■은 원작이 웹툰 양식으로 전환이 용이한 웹소설이 아닌 2003년 무렵 발매된 신무협 소설이었고, 이로 인해 각색 과정에서 난항을 겪고 있었다.

    협력사에서는 전개에 속도가 붙은 002권 초입부터 이야기를 만들 것을 주장하였으나, 이는 그림이 아닌 스토리 각색을 맡은 우리 스튜디오에게 불리한 선택이었다. 2권 초입부터 이야기를 전개할 경우 서사의 긴박감이 빠르게 드러난다는 장점이 있었지만, 원작을 모르는 독자들이 내용을 이해하기 어려워 흥미를 잃을 수밖에 없는 구조였다. 따라서 우리 스튜디오는 ■■■■을 001권부터 각색하길 바라고 있었으나, 트렌드에 어긋나는 방향이었기 때문에 섣불리 의견을 꺼내기가 어려웠다.

---

7) 제가 퇴사한 지 1년이 지났지만 프로젝트가 런칭되지 아니하여 기밀 유지 조항에 의거, ■■■■으로 작품명을 대신합니다.

당시 나는 입사 초기라 무지하고 용감했다. 나는 대표님을 찾아가서 우선 총 12권에 달하는 원작에서 특정한 기점을 중간점으로 잡아 1부와 2부로 분리할 수 있으며, 그중 1부의 마지막에 해당하는 6권 후반부 내용을 프롤로그에 삽입하면 독자들의 흥미와 '기대감'을 유도할 수 있고, 다시 001권의 내용으로 넘어가 초반 7화 안에 지루하지만, 꼭 필요한 파트를 긴박하게 전개하면 우리 스튜디오에서 바라는 방식대로 각색할 수 있다고 설득했다.

■■■■는 사실상 지지부진하게 진행되다 자연스럽게 붕괴될 여느 프로젝트들과 비슷한 처지에 놓여 있었다. 대표님께서는 나로 하여 ■■■■를 작업해 볼 것을 권유하셨다. 나는 드디어 시나리오를 작업하게 되었다는 기대감에 차 ■■■■의 스토리작가를 맡게 되었다.

■■■■의 서사 작업은 그다지 순탄하게 흘러가지 않았다. ■■■■의 스토리를 맡게 된 이후로 내가 있던 부서가 개편되면서 나는 다른 몇몇 작품의 스토리를 함께 작업해야 했다. 대부분의 작품들이 디벨롭 단계나 클라이언트 혹은 플랫폼 검수 단계에서 소리 소문 없이 무산되었다. 나는 머지않아 내가 바위를 굴리는 시시포스와 비슷한 처지에 놓이게 되었음을 깨달았다.

그렇다고 실의에 빠져 회사를 그만두었다간 ■■■■를 완성시키지 못할 것이 뻔했다. 비록 회사의 작품이었지만, 나는 ■■■■를 작업한 1년 동안 언제나 ■■■■와 함께였다. 우스갯소리로 한 침대를 썼다고 말하기도 했는데, 늘 시나리오나 스토리보드를 켜 놓고 잠들었기 때문에 잠결에 아이디어가 떠오르면 시간을 불문하고 작업에 들어갔기 때문이다.

■■■■는 프로로서의 자존심인 동시에 1년 동안 애지중지 키워 온 자식이나 다름없었다. 나는 심지어 병역 이행을 위해 회사를 잠시 벗어나야 하는 상황에서조차 ■■■■의 스토리를 짤 계획을 세워 두었을 정도였다.

스튜디오 환경에서 런칭되지 않은 작품이란 폭풍우 치는 바다의 나룻배처럼 언제 뒤집혀도 이상하지 않은 것이었지만, ■■■■는 내 정성에 보답이라도 하듯 순탄하게 마무리 공정 과정에 들어가더니 채색까지 마치고 슬슬 런칭을 기대해도 괜찮을 정도로 무르익었다.

그리고 ■■■■는 다소 어이없는 이유로 내 손을 떠났다. 사측에서 내가 팀 내에서 불화를 발생시키고 몇몇 팀원들에 대한 따돌림을 주도했으며, 내가 속한 4본부의 실적이 형편없고, ■■■■ 그 자체의 진행 또한 지체되었다는 이유로 나와 4본부를 프로젝트에서 배제하기로 결정한 것이다. 상부로부터 일방적인 통보를 받았기 때문에 1년 동안 맡았던 프로젝트가 내 손을 떠나는 데 걸린 시간은 고작 10여 분에 불과했다. 심지어 나는 그날 오전까지만 해도 ■■■■의 시나리오를 작성하고 있었는데.

정말 우스운 일이 아닐 수 없었다. 나는 누구를 따돌릴 깜냥이 없으니. 다섯 어절 중 세 어절을 더듬어 가며 말하는 모지리가 어떻게 따돌림을 주도할 수 있단 말인가? 게다가 나는 지금 ^(그들이 주장하길) 내가 따돌렸다고 한 분께 고용되어 한 지붕 아래에서 일하고 있다. 미안한 점이 있다면 그림 실력이 형편없어서 작화는 고사하고 콘티도 어려워한다는 점 정도다. 감사한 점은 수두룩하고, 평생에 걸쳐 은혜를 갚아야 할 것이다. 그런데 따돌림이라니! 고개 숙여 사과할 만한 행동은 조금도 하지 않았다. 나는 모태신앙 천주교 신자인데 감히 우리 주 예수 그리스도의 이름을 걸 수도 있다.

4본부의 실적이 형편없다는 점 또한 반론의 여지가 충분했다. 애초에 4본부가 맡은 작품들은 말 그대로 사측에서 구두계약을 통해 따낸 성공하기가 어려운 작품들이 대부분이었다. 기껏 성공한 작품도 성과가 나오기 전에 정산을 해 버렸으니 눈에 보이지 않는 건 당연하다.

마지막으로, ■■■■의 진행이 지체되었다는 부분은, 정말이지 서사

창작 능력이 거세된 전두엽 상실자가 타자기를 무작위로 내리쳐 가
며 작성한 세상에서 가장 형편없는 모독이었다.

난 이미 100화 정도에 달하는 시나리오를 작성한 상태였고, 초반
50화의 스토리를 문장마다 각주를 달아 가며 세밀하게 작성해 둔
상태였다. 당장 연재를 들어가고 내가 다치거나, 심지어 죽더라도 최
소한 반년^(약 30화)은 무리 없이 연재가 가능한 상태였다는 것이다.

다행스럽게도 내 배제가 결정된 지 사흘 뒤, 스토리 회의가 열렸고,
나는 회의에 참석할 권한을 얻게 되었다. 그러나 불행하게도 내가
회의에서 할 수 있는 유일한 일은 그저 멍하니 앉아 듣는 것뿐이었
다. 진행 현황을 설명하기 위한 엑셀 파일과 PPT가 있었지만, 발언
을 허가받지 못했다. 만약을 대비해 배부한 자료들은 면전에서 구겨
지는 모욕을 당했다. 그 회의는 이제까지 작업된 스토리를 정리하거
나 인수인계하는 과정이 아니라 날 심리적으로 살해하기 위한 처형
장에 불과했다.

나대신 작가로 배정된 다른 본부의 프로듀서는 ■■■■가 완결 난
작품인지 아닌지조차 알지 못하는 상태였다. 그들은 ■■■■에 대한
애정이 없었다. 그들은 ■■■■를 그저 빨리 진행하거나, 혹은 영영
묻어 두거나 둘 중 하나를 선택하고 싶어 할 뿐이었다.

다른 본부의 크루들은 약 20분 동안 무의미한 질문들, 가령 '주인공의 목걸이가 왜 중요한지 궁금한데, 앞에 내용은 안 읽어 봤으니까 그 목걸이가 어떻게 생겼는지만 말해 봐라.' 같은 질문들을 통해 내 입을 틀어막았다. 그들은 내가 뭐라고 답하든 "우리가 생각하기엔 다른데요?"로 일관했다. (자기들 입으로 원작을 단 10페이지도 안 읽어 봤다고 그랬으면서) 나는 '이제야 ■■■■가 제대로 돌아가게 되었다.'라는 발언을 끝으로 회의 시작 20분 만에 물리적으로 추방당했다.

당시 내가 속한 제작 4본부는 여성향 각색 전문으로 탈바꿈한 스튜디오에서 유일한 남성향 작품 제작팀이었다. 얼마 전 회사를 먹어치운 모기업에서는 4본부를 불필요하다고 판단해 해체하고자 하였는데, 해고 통보를 내리면 실업 수당을 지급해야 했지만, 자진 퇴사하게 만들거나, 죽게 만들면 훨씬 경제적이었으니 지금 와서 생각해 보면 스토리 회의가 이 지경이 된 건 납득할 수 있는 일이었다.

회의를 마치고 한 주 뒤, 나는 프로젝트 이관에 대한 반발과 회의에 제대로 임하지 않았다는 이유로, 그리고 작품에 애정을 가졌다는 이유로 (진짜 이 이유였다) 시말서를 작성해야 했다.

물론 내 행동은 상당 부분 잘못되었다. 작품은 저작권을 비롯한 모든 권리가 회사에 귀속되어 있었으며, 나는 그저 고용된 작가에 불과했다. 내가 할 일은 회사의 지시에 따라 움직이는 것이었다.

한편으로 나는 사원이기 이전에 작가였다. 무릇 살아 있는 작가라면 자기가 손을 댄 작품에는 애정을 가지기 마련인 법이다. 기억력이 형편없는 나조차도 내 손으로 빚어낸 작품들을 남김없이 기억하니-

회사 입장에서 작가가 작품에 애정을 가지는 일은 용납할 수 없는 것이었던 모양이다. 나는 종종 12평 남짓 회의실로 불려가 두 시간에 걸쳐 호되게 질책당했으며, 내 입으로 내 행동을 자아비판해야 했다. 나는 향후 작품에 애정을 가지지 않겠다고 다짐해야 했고, 설령 이번처럼 어이없는 이유로 런칭을 앞두고 강판당하더라도 이유도 궁금해하지 않을 것이며 묵묵히 시나리오만 뽑아낼 것을 맹세해야만 했다.

어느 날 밤, 처음으로 스토리를 쓰는 일에 환멸을 느껴 삶을 이만 중단하기로 결심했다. 1년 동안 동고동락해 온 작품이 이제는 없었다. 습관적으로 좋은 착상을 떠올리더라도 찾아오는 건 만족감이 아닌 허무함일 테니까. 매일 아침을 한탄으로 시작해야 한다면 저녁 무렵엔 수면이 아니라 영면을 바라게 될 것이매, 합리적인 선택에 의거해 일찍 끝내는 게 좋겠다고 생각했다.

그러나 톱을 허벅지에 대고 죽음의 왕복운동을 하는 동안, 나는 한 가지 의문을 가지게 되었다. '과연 지금 내 행동은 재미있을까?' 절망을 한가득 머금고 스틱스 밑바닥에다 몸을 던지는 와중에 든 생각으로는 아이러니하게 짝이 없었지만, 만약 이때 이 생각을 하지 못했다면 난 그냥 죽었거나, 아니면 작가를 포기하고 죽느니만 못하게 살고 있었을지도 모른다. 이건 이야기를 짓는 입장에서 이야기와 하나가 될지, 아니면 그저 작품 위에서 관망하는 창작자가 될지를 가르는 중요한 질문이었으니까.

가치 있는 서사의 기본은 끝없는 역경이다. 모든 주인공은 역경을 겪어야 한다. 독자들이 사랑하는 주인공도 마찬가지다. 가령 수많은 독자들이 스파이더맨들이 행복해지길 바라지만, 실제로 행복한 스파이더맨은 상업적인 가치가 전무하다. 서사는 놀이동산의 롤러코스터와 같기에, 골과 마루가 쉼 없이 반복되는 희로애락의 각축장이야말로 독자들이 스크롤을 내리는 이유인 동시에 이야기가 살아 숨 쉬는 이유다.

그렇다면 작가는, 작가는 어떤 삶을 지향해야 할까? 동전을 굴리면 지평선까지 굴러가는 평탄한 삶일까? 아니면 이야기 속 주인공들과 마찬가지로 끊임없는 등산과 하산을 반복하는 파란만장한 삶을 살아야 할까. 모든 이야기에는 창작자의 삶이 녹아 있다. 재밌는 이야기를 쓰기 위해선 재미있는 이야기와 같은 삶을 살아야 한다. 애초에 모든 위대한 작가들은 자의적으로든 타의적으로든 주기적으로 삼년고개를 찾아가 몸을 던졌다. 미겔 데 세르반테스는 해적들에게 납치되어 수년 동안 포로 생활을 해야 했다. 표도르 도스토옙스키는 아예 반란 혐의로 사형 선고를 당하기까지 했다.

그렇게 생각하고 나니 버티기가 한결 쉬워졌다. 이불을 머리 위까지 덮어야겠다는 생각은 더 이상 들지 않았다. 만약 여기서 손을 놓아 버리면 내 이야기는 어중간하게 끝나 버린다. 독자들은 주인공이 시련을 통해 성장하길 원하지, 시련에 억눌려 패배하길 바라지 않으니까. 나는 좌절을 삼켜서 내 것으로 만들자고 결심했다.

결국 요즘은 위에서 살짝 언급한 바와 같이 이전 직장에서 함께 일하다 같은 날 퇴사한 분께 고용되어 일하고 있다. 이제 나는 책상에 앉아서 창작하는 데 만족하지 않는다. 조금이라도 세밀한 내용을 담고자 자료 조사를 위해 전국을 돌아다니길 주저하지 않는다. 시나리오 작업이 주 업무지만 무리해서라도 콘티를 그린다. 가끔 생각해 보면 내가 나한테 고통을 주고 있는 것 같기도 하다.

간절함에도 불구하고 일이 순탄하게 풀리리라곤 기대하지 않는다. 높은 확률로 고난은 다시 찾아올 것이다. 당장 내일 찾아올지, 혹은 수년 뒤에 고개를 들지는 알 수 없는 노릇이지만. 그런데도 확신에 차서 말하자면, 나는 틀림없이 무릎 꿇으리라. 생물학적으로 고통은 익숙해지기가 어려운 법이니까. 그러나 일어나리라. 난 이야기를 쓰는 삶이 아닌, 이야기와 같은 삶을 살겠노라고 다짐하였으니. 어떤 괴물이 찾아오든 침착하게 뜯어먹고 글을 이어야지.

내 입으로 꺼내기엔 부끄럽지만, 어쨌든 난 이제 학생이 아니라 원대하던 프로가 되었으니까.

동화

박선화

안주리

박선화

서울 출생으로 동국대학교 국어국문학과 졸업. 2007년 『문학시대』 아동문학
등단. 동화집 『도바 이야기』가 있으며, 한마루 동인으로 활동 중이다.

작가의 말

　바닥에 누워 뒹굴뒹굴 몸을 둥글리며 햇볕을 쬐고 있는 고양이를 보고 있으면
그 여유가 부럽기도 하고, 조바심 내지 않고 여유를 택하는 고양이들의 현명함에
감탄하기도 합니다. 고양이들과 함께 햇볕을 쬐고 싶지만, 고양이와 햇빛 둘 다에
알레르기가 있어, 그저 지켜보며 부러워하기만 하는 나날입니다.

주영이 형 애옹이

　비가 연달아 오는 그런 날이었다. 나는 늘어지게 하품하며 창가에
앉아 밖을 바라봤다. 창문을 두드리는 빗방울 탓에 창밖의 풍경은
잘 보이지 않았다. 빗방울로 일그러진 세상은 평소와는 전혀 다른
모습을 하고 있었다. 내 이름은 긴즈버그 애옹, 입가에 멋들어진 콧
수염 무늬와 엉덩이에 있는 하트 모양 무늬가 매력 포인트인 흰색과
검은색 털을 가진 집고양이다. 내가 이 집에 와서 산 지도 벌써 10년
이란 시간이 흘렀다.

　나는 길거리에서 태어났다. 내 첫 번째 기억은 나와 내 형제들이 엄

마와 함께 누워 있던 것이었다. 엄마의 품은 따뜻하고 좋은 냄새가 났다. 눈도 아직 잘 보이지 않았던 때였지만, 엄마의 몸에서 나는 냄새가 무척이나 좋고 따뜻했던 기억은 지금도 선명했다. 그러던 어느 날, 잠깐 밥을 먹고 오겠다던 엄마가 돌아오지 않게 되었다. 형제들과 함께 몸을 꼭 붙인 채 엄마를 기다렸다. 얼마나 시간이 지났는지는 모르겠다. 눈은 여전히 뜰 수 없었고, 곁에 있던 형제들은 점점 차갑고 딱딱해지고, 주변에서는 안 좋은 냄새도 나기 시작했다. 추위와 온몸이 으스러질 것 같은 아픔에 울다 지쳐 버린 날이 점점 많아졌다. 그러다 다시 눈을 떴을 때, 나는 병원이란 곳에 있었다. 낯선 곳에서 눈을 떴다.

　나는 눈을 뜰 수 있다는 것에 놀랐지만, 주변은 희뿌옇게 보였다. 몇 날 며칠 동안 온몸이 부서지듯이 아파서 우는 것도 힘들었다. 그러고도 한참 시간이 지나서야 나는 몸이 좀 괜찮아졌다. 더는 몸도 아프지 않고, 눈도 똑바로 보이자 갑자기 무서워졌다. 주변은 반짝거리는 은색으로 둘러싸여 있었고, 다른 동물들 특히 개들의 소리가 들렸다. 개들은 보이지 않았지만 한 번씩 들려오는 소리에 온몸에 털이 쭈뼛 섰다. 무서웠다. 너무 무서워서 온몸에 털을 바짝 세웠다. 가끔씩 누가 내가 있는 방의 문을 열고 들어왔다.

　"샤아앗!(오지 마! 저리 가!)"

"알았어. 알았어. 안 만질게. 밥만 주고 화장실만 좀 갈아 줄게."

"샤아아앗!(저리 가! 저리 가라구!)"

"착하다. 화장실만! 화장실만 갈게!"

커다란 손은 하루에도 몇 번 씩은 방안에 들어와, 내게 밥을 주거나 화장실을 치워 주곤 했다. 나를 해치지 않는 건가? 하지만 여전히 주변에서는 개가 짖는 소리가 들렸다. 뭐가 뭔지 도통 정신이 없었다.

"아휴, 사나워서 괜찮겠어요?"

"괜찮아요. 얘는 얼마나 무섭겠어요. 그래 봤자 손 할퀴는 정도죠."

안에 들어왔던 손은 화장실을 깨끗하게 치워 주고 떠났다. 며칠 그 손은 매일같이 안으로 들어와 내게 밥을 주고, 화장실도 깨끗하게 정리해 줬다.

그렇게 며칠인가 날이 지났다. 더는 아픈 곳도 없어지자 심심했다. 뒹굴뒹굴 바닥에 등을 대고 몸을 뒤집어 가며 놀고 있던 날이었다.

"고양이 입양은 어떡할래요?"

"이대로 제가 입양해 가야죠."

"괜찮겠어? 키우는데 드는 돈이 한두 푼도 아닐 텐데."

"그럴 생각 아니면 처음부터 구조도 안 했죠."

창문 밖에서 사람들이 무어라 떠들고 있었다. 사람들이 내 앞에서 떠드는 것은 이제 특별한 일도 아니었다. 내가 신경 쓸 일이 아니니, 나는 다시 내 취미 활동을 했다. 뒹굴뒹굴, 뒹굴뒹굴. 왼쪽과 오른쪽, 번갈아 가며 몸을 뒹굴뒹굴 굴리다 보면 졸음이 쏟아졌다. 나는 내 팔을 베고 밀려오는 졸음에 몸을 맡겼다. 그리고 그날이 내 동물 병원에서의 마지막 날이었다.

날 돌봐주던 사람은 나의 집사가 되었다. 그 집에 사는 사람은 한 명이 더 있었다. 집사는 내게 이름을 지어 줬다. 이름을…… 뭐라고 했더라? 어딘지 탐탁찮은 이름이었다. 어쨌든 집사는 내게 이름을 지어 주고 집을 주었다. 지금은 그 이름이 잘 기억나질 않는다. 집사는 허구한 날 나를 애옹이라고 불렀지, 그 이름으로 부르지 않았으니 당연한 일이다. 그리고 고양이가 살다 보면 좀 잊을 수 있는 일도 있는 법이다. 아무튼 내가 그 집에서 산 지 2년쯤 됐을까. 언젠가부터 나를 데려온 집사의 배가 점점 둥글어지기 시작했다. 그리고 바로 며칠 전의 일이었다. 야밤에 곤히 잠을 자고 있는데 갑자기 우당탕 큰 소리가 났다. 무슨 일인가 싶어 나도 집사의 방에 가 보니, 집

사 둘은 정신이 없어 보였다. 갑자기 침대에 일어난 두 사람은 우당
탕 짐을 싸기 시작했다.

"애옹— 애—옹. (무슨 일이야? 왜 그래.)"

내가 아무리 물어봐도, 집사들은 내게 아무런 대답도 해 주지 않
았다. 그리고 그대로 집을 나가 버렸다. 이게 대체 무슨 일이람? 문
앞에서 아무리 집사를 불러도 집사들은 돌아올 생각을 하지 않았
다. 할 수 없는 노릇이었다. 가끔 사람들은 집 밖에서 무슨 바쁜 일
이 벌어지는 것 같았으니 말이다. 내가 할 수 있는 일은 집사가 집에
돌아올 때까지 이 집을 지키는 일이었다. 그 뒤로 나는 매일같이 내
가 집에 들어온 벌레도 잡고, 창 밖에 나타난 다른 고양이를 내쫓기
도 하며 열심히 집을 지켰다. 하지만 집사 한 명은 종종 집에 돌아와
내 밥과 물을 챙겨 주고, 다시 집을 비우기를 반복했다. 무슨 일인
걸까. 궁금해서 집사에게 물어봐도 집사는 내게 대답을 해 주지 않
았다. 혼자 지내온 시간이 익숙하지 않았던 나는 외로움에 혼자 우
는 시간이 많아졌다. 그러던 어느 날, 집을 나갔던 집사가 돌아왔다.
나만한 무언가 덩어리 같은 것을 들고 말이다.

"애—옹, 애옹— 애애—옹, 애—옹. (대체 어디 갔다 온 거야? 걱정했잖아. 그건 또 뭐
야?)"

"아이고, 우리 애옹이 집 잘 지켰어? 엄마 보고 싶었어?"

"애—옹, 애애애앵, 애—애옹.(걱정했다니까!)"

집사가 들고 온 것을 확인하려 몸을 쭉 늘였다. 그러자 내 눈에 들어온 것은······.

"귀엽지? 애옹아, 네 동생이야."

"웨?(뭐?)"

집사의 품에는 나보다도 작고 따끈따끈한 사람이 안겨 있었다. 사람들의 말로는 아기라고 했던 것 같았다. 아기는 꼬물꼬물 움직이고 있었다. 앞발을 내밀어 살짝 아기를 건드려 봤다.

"흥애."

아기가 옹알거렸다. 나는 깜짝 놀라 아기를 다시 한 번 더 톡톡 앞발로 쳐봤다. 아기가 웃었다.

"어머, 아가가 애옹이를 보면서 웃네? 아가도 애옹이가 좋은가 봐."

그날부터 이 조그마한 아기는 내 동생이 됐다.

시간은 왜 이리도 빠른지 모르겠다. 나는 매일같이 창 밖에 나타난 까마귀들을 내쫓고, 집사들이 밖에서 사냥은 잘해 오는지 확인하며 바쁘게 지냈다. 이렇게 바쁘게 지내는데 내가 놀란 것은 하나였다. 동생이 놀랍도록 느리게 자란다는 것이다. 오늘도 집사는 밖으로 사냥 갈 준비를 하고 있었다. 나는 집사의 앞에 가서 동생을 지켜보고 있었다.

"애옹아, 동생 봐주는 거야?"
"애옹."
"그래, 동생 잘 봐줘. 나는 나가서 일하고 올게."
"애옹."

집사를 마중하고 나면 내가 집을 지켜야 했다. 다른 집사는 동생을 돌봐야 하니, 집을 지킬 수 있는 건 나뿐이었다. 낮까지는 할 일이 많은 집사 대신 동생을 지켜볼 예정이다. 그 뒤에는 점심을 먹고 잠시 휴식과 운동을 한 다음, 다른 집사가 돌아올 때까지 창 밖에서 까마귀나 까치가 시끄럽게 울지 못하게 지키고 있을 생각이다. 결코 내가 까마귀 울음소리가 싫어서가 아니다. 동생이 까마귀 울음소리에 놀랄까 봐 걱정하는 것이지.

나는 우선 동생이 누워 있는 흔들거리는 기구 앞으로 갔다. 동생은 아침밥을 먹고 난 뒤 크게 트림을 하고 저 기구에 누워 있었다. 나는 몸을 세워 동생을 봤다. 동생은 날 보고는 까르르 웃었다. 나는 손에 힘을 줘서 동생이 누워 있는 침대를 살짝 흔들어 봤다. 살살 침대를 흔들고 있으니 동생은 까르륵까르륵 웃으며 나한테 손을 뻗었다. 내 뺨에 닿는 손은 집사들의 손과 달리 무척이나 작고 부드러웠다. 나는 이 작은 동생이 걱정됐다. 아니, 사람의 아이들은 원래 이런가? 우리 고양이들은 태어나고 세 달쯤이 되면 스스로 먹고사는 법을 배운다. 그런데 사람은 먹고사는 법을 배우기는커녕, 세 달이 지나도록 스스로 일어날 줄도 모른다. 세상에 어떻게 이렇게 느긋할 수가 있지?

　내가 생각에 빠진 사이 침대를 흔들지 않자, 동생은 날 빤히 쳐다보고 있었다. 침대를 흔들어 달라는 뜻이었다. 내가 다시 침대를 흔들기 시작하자, 동생은 까르륵 다시 웃었다. 한참이나 침대를 흔들어 준 다음에는 동생의 옆에 나도 자리를 잡고 앉았다. 한참을 놀았으니 이제 동생이 춥지 않게 동생을 따뜻하게 데워 줄 차례였다. 집사가 집 안을 깨끗하게 정리하는 동안 동생을 재우면 성공이다. 내가 동생을 잘 재우면, 그때는 집사와 내가 잠깐 쉴 시간이 생긴다. 온몸이 따끈따끈해진 동생은 금세 스르륵 잠에 빠져들었다. 청소를 끝낸 집사는 잠든 동생을 보고는 활짝 웃었다. 그리곤 냄새가 아주

요상한 시꺼먼 차를 끓이기 시작했다.

"우-우-우."

"왜 그래? 애옹아."

"우-우-우-웅!(이상한 냄새가 나!)"

"커피 때문에 그래?"

집사는 내게 그 커피란 것이 든 잔을 내밀었다. 분명 냄새가 이상할 걸 알면서도 나도 모르게 맡아 보게 되는 것이 고양이의 슬픈 본능이었다. 쓰고 떫은 냄새에 어딘지 시큼한 냄새가 훅 코에 올라오자 예의 없는 짓이라는 건 알지만 나도 모르게 헛구역질이 나왔다.

"애옹이는 커피 싫어하더라."

그렇게 말하며 홀짝홀짝 커피를 마셔 대는 집사의 모습이 어찌 이리도 얄밉던지…… 나는 커피 냄새로 뒤집힌 속을 달래기 위해 내 털을 손질했다. 털 손질을 끝내면 나도 잠깐 잠들 시간이었다. 한참아이를 봤으니 나도 쉴 시간이 필요했다. 나는 동생의 침대에서 내려와 내가 좋아하는 창가에 자리를 잡았다. 창가에 누워 있으면 따뜻한 햇살이 들어와 몸을 덥히기 아주 좋았다. 햇볕을 쬐고 있자니 노곤노곤하게 잠이 쏟아졌다. 나는 이 시간이 무척이나 좋았다.

나의 하루는 매일매일 반복된다. 아침에 일어나면 잠깐 운동을 한 다음에 밥을 먹고, 그 뒤에는 동생을 돌보고, 창 밖에 나타난 까마귀를 내쫓는다. 바깥에서 사냥을 끝내고 집에 돌아온 집사와 놀아 주기도 해야 하고, 또 잠들기 전에는 두 집사의 등을 주무르는 것도 잊지 않는다. 생활의 규칙을 만들고 그걸 지키는 것이 나는 무척이나 뿌듯했다. 평범하지만 뿌듯한 매일을 차곡차곡 쌓아 가고 있으니, 동생도 무럭무럭 자라났다. 정신을 차려 보니 나보다 작던 동생은 나와 비슷할 만큼 자라더니, 금세 나보다도 더 크게 자랐다. 또 걸을 줄 몰랐던 동생은 나와 똑같이 네 발로 걷게 되었고, 또 시간이 지나 동생은 집사들과 똑같이 두 발로 걸어 다니기 시작했다. 처음엔 나보다 느리던 걸음걸이였지만 점차 시간이 지나면서 동생은 집사와 똑같이 성큼성큼 걸어 다니기 시작했다.

"그러고 보니 애옹이는 왜 이름이 애옹이야?"
"애옹 하고 우니까 애옹이지."
"너무 성의 없는 이름이지 않아?"

바로 내 이름이 안 나오는 걸 보면, 집사도 내게 처음 지어 줬던 이름은 까먹은 것이 분명했다. 그리고 동생의 말에는 나도 동의했다. 애옹이라고 울어서 애옹이라니. 그럼 저 바깥에서 멍멍 짖어 대는 개들은 멍멍이인가. 나도 조금쯤은 멋있는 이름이 좋았다.

"애옹아 오늘부터 너는 긴즈버그 애옹이야."

"웽?(뭐?)"

"아주 멋진 분의 이름이지."

그건 또 누구의 이름이란 말인가. 하지만 동생이 존경하는 사람의
이름이라니, 나는 그것이 꽤 마음에 들었다. 하지만 그렇게 이름이
붙었어도, 여전히 내 동생과 집사들은 날 애옹이라 불렀다. 뭐, 나도
애옹이라 불리는 편이 헷갈리지 않으니 좋긴 했다.

동생은 무럭무럭 자라며 점점 바빠졌다. 집에 있는 시간도 줄어들
었고, 나도 할 일이 조금은 줄어들었다. 이젠 동생이 잠들 때까지 침
대를 흔들어 주지 않아도 되고, 창 밖에 나타난 까마귀가 까악까악
울어 대는 소리에 동생이 무서워할까 걱정하지 않아도 됐다. 최근
들어 나도 조금 피곤하니 잘된 일이었다. 나는 동생과 집사가 아침
에 집을 나가면 어느 누구의 방해도 받지 않고 푹 자곤 했다. 늦은
점심에 동생이, 그리고 저녁밥을 먹을 때 즈음에 집사가 돌아오는
시간에는 잠시 일어나 마중을 나갔다. 매일매일 똑같은 하루하루가
반복되는 것은 꽤나 편안한 일이었다.

그러던 어느 날이었다. 유난히 배가 아픈 그런 날이었다. 화장실에
가고 싶어서 화장실에 가도, 도통 오줌이 안 나오는 그런 날 말이

다. 나는 화장실에 가서 모래를 팍팍 팠다. 잠시 쪼그리고 앉아 오줌이 나오는 걸 기다렸지만, 여전히 오줌은 나오질 않았다. 나는 입맛만 다시곤 화장실 밖으로 나왔다. 영 찜찜하지만 계속 변기에 쪼그려 앉아 있어도 오줌이 나올 것 같지 않았다. 나는 밥그릇 앞으로 걸어갔다. 이미 식사 시간은 지난 지 오래라 배는 고팠다. 배는 고프지만 배가 아프니 도통 입맛도 없었다. 나는 집에서 사람들이 잘 오지 않는 창고방의 구석을 찾아갔다. 어둡고 좁은 곳에서 웅크리고 있으면 아픈 걸 견딜 수 있었다.

얼마나 시간이 지났을까. 나도 모르게 잠깐 잠들었던 것 같다. 어렴풋이 잠이 깨자 다시 배가 아팠다.

"하아악! 우우웅……."

나도 모르게 끙끙 앓는 소리를 내자, 방 밖이 소란스러웠다. 곧이어 창고 문이 벌컥 열리더니 동생과 집사가 창고 안으로 들어왔다.

"애옹아! 여기 있었어? 얼마나 찾았는데!"
"아니, 애옹이가 여기를 어떻게 들어왔지? 아무튼…… 찾아서 정말 다행이다. 난 또 열린 문틈으로 나갔나 했더니…… 자, 이제 거실로 가자."

잠에서 깨고 나니 다시 배가 욱신욱신 아파 왔다. 나는 거실로 가자는 집사의 말을 무시하고 등을 돌렸다. 지금은 혼자 있고 싶었다. 나는 몸을 작게 웅크리고서 이 아픔이 지나가기만을 기다렸다.

"애옹아, 어디 아파?"

내게 말을 건 사람은 동생이었다. 동생은 내 등을 쓰다듬으며 걱정스러운 듯이 말을 건넸다.

"애옹.^(조금)"

"애옹.^(조금)"

"왜 그렇게 웅크리고 있어."

"애옹……^(배가 조금 아파서)"

동생은 구석에 파고들어가 있던 나를 데리고 나왔다. 솔직한 마음으로는 이대로 두라며 하악질을 하고 싶었지만, 어린 동생에게 그럴수도 없는 노릇이었다.

"엄마 아빠, 애옹이가 어디 아픈가 봐."

동생이 나를 번쩍 안아들었다. 갑자기 온몸이 달싹 들려 버리니, 겨우 좀 가라앉았던 통증이 심해졌다. 나는 눈을 질끈 감았다.

그 뒤로는 나는 도통 정신을 차릴 수가 없었다. 집사는 당황해서 나를 이동가방에 밀어 넣고는 집 밖으로 달려 나갔다. 아아, 제발 조금 살살 걸어 줘. 가뜩이나 아픈데, 몸이 마구 흔들리니 멀미도 나고 속이 뒤집힐 것 같았다.

　"애옹아, 지금 병원에 갈 거니까 죽지 마. 애옹아."
　"얘도 참. 애옹이가 왜 죽어. 괜찮을 거야."
　"주영아, 주영이가 애옹이를 걱정하고 있는 건, 엄마랑 아빠도 알아. 그리고 엄마랑 아빠도 애옹이가 걱정돼."
　"응……."

　집사들이 아무리 동생을 진정시켜도, 동생의 목소리는 여전히 울먹거렸다. 아아, 정말이지. 이 아이는 몇 살이 되어도 눈물이 많다니까. 나는 손을 뻗어서 내 동생이 앉아 있는 의자를 살살 흔들었다.

　"애옹아……."

　이제는 내 동생이 나보다 키도 크고 몸도 커졌으니 내가 아무리 의자를 흔들어도, 동생이 앉은 의자가 옛날처럼 흔들리는 일은 없었다.

　내가 의자를 흔드는 걸 보던 동생은 결국 울음을 터뜨렸다. 나는 조금 더 힘을 쥐어짜내서 동생이 앉아 있는 의자를 흔들었다.

"주영아. 울지 마."

"그치만······."

"주영아. 너는 애옹이 동생이지만 애옹이의 가족이야. 엄마가 이야기해 줬었지? 네가 어렸을 때 네가 흔들침대에 누워 있으면 애옹이가 네 침대를 흔들어 줬다고. 지금도 애옹이는 네가 우는 게 자기가 아픈 것보다 더 신경 쓰이는 거야. 애옹이는 지금 네가 우니까 널 달래려고 네 의자를 흔드는 거야. 네가 지금 당장 어른이 될 필요는 없어. 하지만 애옹이가 네 걱정을 안 하고 아파도 될 만큼은 강해져. 그게 지금 네가 할 일이야."

집사와 동생의 목소리가 계속 들렸다. 잠깐 고개를 들어 보니 집사의 말을 듣던 동생은 옷소매로 눈물을 슥슥 문질러 닦아 냈다. 그제야 나는 조금 안심이 돼서 눈을 감았다.

병원에서 돌아온 나는 내가 좋아하는 방석에 누웠다. 정말이지 병원은 좋아할 수 없는 곳이었다. 아프면 어쩔 수 없이 와야지 되는 곳이라지만, 코를 찌르는 소독약 냄새나, 낯선 사람들이 많은 것도 싫고 무서웠다. 어떤 개는 다른 사람이 자기를 만지는 것이 싫은 건지, 목청껏 짖어 대고 있었다. 진료실에 들어가자 소독약 냄새가 나는 낯선 손이 다가왔다. 그때는 나도 싫다고 마구 소리 지르고 싶었지만, 나는 얌전히 있기로 했다. 아픈 탓도 있지만, 나는 점잖은 고양이니까 그러지 않기로 했다. 하지만 여기저기 날 만져 대는 손길에 결국 하악질은 좀 해댔다.

"애옹아, 이거 먹어."

집에 돌아온 동생은 내게 물그릇을 내밀었다. 갑자기 웬 물? 나는 물을 좋아하지 않는다. 물그릇에서 고개를 획 돌리자, 동생은 다시 내 앞에 물그릇을 내밀었다.

"너 마셔야 안 아프대. 애옹아."

동생 목소리에 또 울음이 먹먹하게 꼈다. 그래도 싫은 건 싫은 거였다.

"여기 물에 짜먹는 간식도 넣었는데……."
"웽?(간식?)"

간식이란 말에 난 물그릇을 봤다. 물그릇에는 소복하게 쌓인 짜먹는 간식이 있었다. 아! 이러면 맛이 옅어지니까 싫은데! 내가 꼬리로 바닥을 팡팡팡 쳐대자 동생도 지지 않고 입을 댓 발 내밀었다.

"너 이거 마셔야 안 아프대."

툴툴거리며 말하는 입은 댓 발 내밀었지만 아직 동생의 목소리에는 울먹거림이 남아 있었다. 어쩔 수 없지. 나는 동생이 내어 준 물을 마셨다.

"애옹아, 맛있어?"

물에 탄 간식이 맛이 있을 리가 없다. 한 번 더 꼬리로 바닥을 팡팡팡 내리치자, 동생은 그게 웃긴지 웃기 시작했다. 참나. 물도 아니고 간식도 아닌 걸 접시에 한가득 만들어서 주고는 웃어 대는 동생이 조금은 얄밉기도 했다. 어떻게든 그릇에 있는 걸 싹싹 핥아먹고서 고개를 들었다. 내가 물그릇을 비우자 동생은 그제야 웃고 있었다. 휴— 정말이지. 아이 돌보기란 정말 힘든 일이다.

안주리

서울 출생으로 동덕여대 문예창작과 졸업. 2009년 『문학시대』 아동문학(동화) 등단. 한마루 문학동인회 2011년 총무, 2012~2015년 회장 역임. 2023년 현재 총무를 맡고 있다.

작가의 말

글로벌 보일링 시대가 열렸음을 확인이라도 시켜 주듯 전에 없던 폭염으로 몸살을 앓은 지구와 힘든 여름을 보낸 모든 이들에게 심심한 위로의 마음 전해 봅니다. "여름이 좋아!"라는 단어가 그립고 아련해지는 오늘입니다.

여름을 삼킨 고양이 페르페르

파란 하늘 사이로 뜨거운 태양이 이글이글 타오르는 무더운 여름 날이었어요. 수업을 마친 시완이는 교문 앞에서 엄마를 기다리고 있었습니다. 그때 벨소리가 울리자 휴대폰을 본 시완이가 반갑게 전화를 받았습니다.

"엄마! 어디세요?"

"시완아, 엄마가 급한 일이 생겨서 그런데 집에 혼자 올 수 있겠니?"

"물론이죠. 걱정 마세요!"

전화를 끊은 시완이는 집을 향해 씩씩하게 발걸음을 옮겼습니다. 그때 얼마 가지 않아 편의점이 보였습니다.

"아이스크림 하나 먹어야겠다."

땀을 흘리던 시완이는 가게로 들어가 막대 아이스크림 하나를 계산한 후 밖으로 나왔습니다. 그런데 열기를 가득 품었던 거리는 어느 순간 시원해져 있었습니다.

"분명 방금 전까진 더웠는데 어떻게 된 일이지?"

궁금한 표정으로 아이스크림을 입에 문 시완이는 다시 집을 향해 걷기 시작했습니다. 이마에 송글송글 맺혔던 땀도 어느 순간 사라졌습니다. 그때 맛있게 아이스크림을 먹던 시완이의 귓가에 "야옹." 소리가 들렸습니다. 고개를 돌리자 복슬복슬한 크림색 털에 귀와 얼굴, 발과 꼬리만 갈색 털로 되어 있는, 푸른 눈동자의 고양이가 나무 밑 벤치 위에서 시완이를 바라보고 있었습니다.

"와! 너무 귀엽다! 어디서 왔어? 주인은 있니?"

시완이가 달려가 묻자 빤히 쳐다보던 고양이가 입을 열었습니다.

"내가 보이는 거야? 신기하군."

순간, 너무 놀란 시완이는 그 자리에 얼음처럼 굳어 버렸습니다.

"고양이가 말을 하고 있어……!"

시완이는 입이 떡 벌어졌습니다. 그때 고개를 갸우뚱하던 고양이가 나무 위로 점프했습니다. 그리고 하늘에 계단이 있는 거 마냥 높이, 높이 올라갔습니다. 놀란 표정으로 그것을 지켜보던 시완이의 눈에 갑자기 하늘에 있던 태양이 빨간 태양과 파란 태양으로 나뉘는 것이 보였습니다. 잠시 후 태양을 향해 뛰어오른 고양이가 빨간 태양을 한 입에 삼키는 것을 본 시완이의 두 눈이 커졌습니다.

"고양이가 태양을 삼켰다!"

고양이가 사라진 하늘 위에서 파란 태양은 점점 희미해지고 있었습니다. 그때 시완이의 등 뒤에서 고양이의 목소리가 들렸습니다.

"아, 따뜻하다."

뒤를 돌아본 시완이의 눈에 배를 두드리며 나무 위에 누워 있는 고양이가 보였습니다.

"정말로 네가 태양을 삼킨 거니?"

"태양을 삼켰다기보단 태양의 여름을 삼킨 거야. 너무 더워 팥빙수를 먹었더니 배탈이 나서 말이야. 그런데 너, 내가 보이는 거 보니 마녀의 후손 같은데…… 어느 가문이야? 셀레스테? 아님 칼리오페?"

시완이는 대체 무슨 소린지 알 수 없었습니다.

"어쨌든 만나서 반가웠다. 그럼 난 이만!"

고양이는 인사를 한 뒤 사람들 속으로 사라졌습니다. 시완이는 마치 꿈을 꾸는 것만 같았습니다. 고양이가 말을 하고 태양을 삼킨 것을 본 게 진짜인지 헷갈렸습니다. 그런데 잠시 뒤 찬바람이 불더니 기온이 점점 내려가기 시작했습니다. 시완이는 몸이 으슬으슬해지는 것을 느꼈습니다. 길거리를 거닐던 사람들도 양팔로 자신의 몸을 감싼 후 빠른 걸음으로 거리를 걷는 게 보였습니다. 시완이는 서둘러 집으로 달려갔습니다.

집에 도착한 시완이는 거실에 켜져 있는 TV를 보았습니다. 화면엔 기상이변으로 인해 한여름에 한파가 불어닥쳤다는 뉴스가 나오고 있었습니다.

"엄마!"

시완이는 엄마를 부르며 안방으로 달려갔습니다. 그때 문틈으로 엄마가 아빠와 통화하는 모습이 보였습니다.

"페르페르의 행방은 찾았어? 역시… 나도 아직. 큰일이야. 뉴스 봤지? 아무래도 이번엔 여름을 삼킨 거 같아. 알았어. 그럼 이따 집에서 봐."

안방으로 들어온 시완이 물었습니다.

"엄마. 페르페르가 누구예요?"

시완이의 물음에 놀란 엄마가 뒤돌아보았습니다.

"언제 왔니?"

"지금 막 왔어요. 페르페르가 누구예요?"

엄마는 잠시 시완이를 보더니 자세를 낮춰 눈을 마주친 후 입을 열었습니다.

"이제 우리 시완이도 여덟 살이니 말을 해 줄 때가 됐구나."

시완이는 초롱초롱한 눈빛으로 엄마를 바라보았습니다.

"아빠와 나는 에스텔라 가문의 후손이야. 우리의 아들인 너 역시도 에스텔라 가문의 후손이고. 에스텔라는 별을 숭배하는 마녀의 한 종족이지. 우리는 여덟 살이 넘으면 남들이 보지 못하는 것을 볼 수 있어. 나무의 신이라든지 꽃의 여왕, 새벽의 요정 같은 신비한 종족들을. 그들은 사람들 모르게 생명의 질서와 균형을 위해 각자의 자리에서 일하고 있어. 페르페르는 날씨를 관리하는 고양이 가문의 후계자인데 며칠 전 수업을 받다 사라졌다는 소식을 들었어. 그리고 지금 여름이 사라졌고."

엄마는 걱정스런 표정으로 창밖을 바라보았습니다. 시완이도 엄마를 따라 고개를 돌리자 찬바람에 서리가 낀 유리문이 보였습니다.

"아빠와 엄마는 다른 마녀의 후손들과 함께 페르페르를 찾고 있어."

엄마의 말을 들은 시완이는 신기하면서도 심장이 두근대는 것을 느꼈습니다. '내가 마녀의 후손이라니.' 그때 아까 길거리에서 보았던 고양이가 생각났습니다.

"엄마, 혹시 그 페르페르라는 고양이 흰색 털에 얼굴과 꼬리, 귀와 발은 갈색이고, 푸른 눈을 가지고 있나요?"

"어떻게 알고 있어!"

"아까 집에 오는 길에 말을 하는 고양이를 보았어요. 그 고양이가 자신이 보이냐며 저한테 마녀의 후손 같다며 어느 가문이냐고 물었어요. 게다가 빨간 태양을 삼키는 것도 보았고요! 고양이는 여름을 삼켰다고 했지만 말이에요!"

"맞아! 그 고양이가 페르페르야!"

흥분한 목소리의 엄마는 재빨리 아빠에게 전화를 걸었습니다. 그리고 시완이가 고양이를 보았던 곳에서 만나기로 했습니다.

"시완아. 지금부터 우린 페르페르를 찾아야 해. 그러려면 너의 도움이 필요하단다."

"좋아요! 엄마, 아빠와 함께 페르페르 찾는 것을 돕겠어요."

"우리 시완이가 다 컸구나."

다정한 눈길로 시완이를 바라보던 엄마는 미소를 지으며 말했습니다. 그리고 손을 내밀었습니다. 시완이가 엄마의 손을 잡자 둘의 몸은 공중으로 날아오르더니 순간 사라졌습니다.

시완이와 엄마는 하늘에 떠 있었습니다.

"엄마! 저희가 하늘에 떠 있어요!"

흥분한 시완이가 신나는 목소리로 말하자 엄마가 웃으며 대답했습니다.

"앞으론 혼자서도 할 수 있게 될 거야. 엄마와 아빠가 차근차근 알려 줄게."

그때 아빠도 나타났습니다. 엄마와 아빠는 두 눈을 마주치며 고개를 끄덕였습니다. 시완이와 아빠, 엄마는 시완이가 고양이를 만났던 장소 위를 날아다니며 페르페르를 찾았습니다. 나뭇가지 위, 아파트 옥상, 동네 작은 산속 등을 날아다녔지만 그 어디에서도 페르페르를 찾을 수 없었습니다. 그러다 문득 시완이는 고양이를 처음 보았던 벤치가 생각나 그곳에 가 보기로 했습니다. 바닥으로 내려온 시완이와 엄마, 아빠는 벤치를 향해 걸어갔습니다. 날씨가 추워진 탓에 길거리엔 사람들이 적었습니다. 그때 페르페르의 목소리가 들렸습니다.

"이런, 배가 아픈데? 이번 여름은 너무 뜨겁군. 끄응."

시완이는 목소리가 들리는 곳을 보자 벤치 아래에 웅크리고 있는 페르페르가 보였습니다.

"페르페르!"

"어? 너는 아까 만났던 그 꼬맹이 아니야?"

"엄마, 아빠! 페르페르가 여기 있어요."

자리에서 일어나 엄마 아빠를 부른 시완이가 페르페르를 향해 다시 고개를 숙이자 어딘가 아파 보였습니다.

"왜 그래? 어디 아파?"

"이번 여름이 너무 뜨거워서 배 속에 불이 난 거 같아."

걱정스런 표정의 시완이가 두 팔을 내밀자 페르페르가 안겼습니다. 아빠와 함께 그곳으로 달려온 엄마가 페르페르를 보고 물었습니다.

"페르페르 이번엔 또 무슨 사고를 친 거야?"

"사고라니. 그냥 배탈이 나서 태양의 여름을 먹어 아픈 배를 진정시키려던 것뿐이야."

"그게 곧 사고라고! 네 덕분에 여름의 계절에 가을이 왔단 말이야!"

"쳇!"

"엄마, 페르페르가 아픈 거 같아요."

"그러게. 열도 있는 게 아무래도 여름을 먹어서 그런 거 같아."

시완이의 말에 고양이의 머리에 손을 대 본 아빠도 말했습니다. 걱정스런 표정으로 페르페르의 배를 만진 엄마가 말했습니다.

"일단 여름을 꺼내야 할 거 같아."

엄마와 아빠는 시완이의 품에 안긴 페르페르의 배에 손을 얹고 주문을 외우기 시작했습니다. 그러자 잠시 후, 페르페르의 입에서 빨간 태양이 나왔습니다. 아빠는 빨간 태양을 가지고 하늘로 올라가 하늘 속에 숨겨진 파란 태양을 향해 던졌습니다. 그러자 태양은 다시 붉게 타오르기 시작했고, 기온도 점점 올라 더워지기 시작했습니다.

"페르페르, 이젠 괜찮은 거야?"

"아니. 아직도 배가 아파."

그때 아빠가 하늘에서 내려오자 엄마가 말했습니다.

"고양이의 궁전으로 빨리 데려가야 할 거 같아."

셋은 페르페르를 안고 고양이의 궁전으로 향했습니다.

순간이동으로 고양이의 궁전에 도착한 시완이의 눈에 귀여운 고양이의 얼굴이 새겨진 크고 높은 문이 보였습니다. 그때 천천히 성문이 열리고 고양이 백작이 그들을 맞이했습니다. 시완이와 엄마, 아빠는 고양이 백작을 따라 성안으로 들어갔습니다. 페르페르를 안은 시완이는 이 모든 것이 너무나 신기하고 멋지게 느껴졌습니다. 성안에 들어서자 고양이 왕이 그들을 기다리고 있었습니다.

"고맙소. 그리고 수고 많았소."

시완이의 품에 안겨 있는 페르페르를 향해 마법사 고양이가 다가와 치료를 시작했습니다. 곧이어 아픔이 사라진 페르페르가 시완이의 품 안에서 뛰어나왔습니다.

"아! 이제야 다 나았네! 다들 고마워!"

페르페르는 모두에게 고개 숙여 인사했습니다.

"이 녀석아! 대체 수업하다 말고 왜 자꾸 뛰쳐나가는 게야?"

고양이 왕의 소리에 움찔한 페르페르는 투정부리듯 이야기했습니다.

"아빠. 너무 공부만 하니까 힘들어요. 가끔 쉴 시간, 놀 시간도 필요하다구요."

"지금 공부해 놓지 않으면 어른이 돼 왕이 됐을 때 날씨를 관리하기 힘들어진다고 몇 번이고 말하지 않았느냐."

"그래도 저는 가끔 놀고 싶단 말이에요!"

"이 녀석이 그래도!"

둘을 지켜보던 시완이가 조심스럽게 입을 열었습니다.

"저, 그러지 말고 페르페르가 일주일에 두 번 저희 집에 놀러 오는 게 어떨까요? 저도 페르페르랑 놀면 재밌을 거 같거든요. 두 번 정도면 공부에 크게 방해될 거 같지도 않고 친구가 생긴다는 건 굉장히 행복한 일이라 페르페르가 경험해 봤으면 해요."

시완이의 말에 페르페르의 눈이 커다래졌습니다. 아빠도 입을 열었습니다.

"폐하. 친구와 함께 보내는 시간도 훌륭한 왕이 되는데 필요한 시간이라고 생각합니다. 그리고 에스텔라 가문인 저희의 보호 아래서 있다면 폐하께서도 안심이 될 것으로 생각이 듭니다."

"걱정하시지 않도록 페르페르가 와 있는 동안 저희 부부가 잘 보살피겠습니다."

엄마도 아빠의 말을 거들었습니다. 곰곰이 생각하던 왕이 시완이의 제안을 수락하자 페르페르는 너무 기뻐 자리에서 폴짝폴짝 뛰었습니다.

며칠 뒤 방안에서 책을 읽던 시완이는 방문 두드리는 소리에 고개를 돌리자 페르페르가 앉아 있는 것이 보였습니다.

"여름아!"

"여름이? 나?"

주변을 두리번거리던 페르페르가 물었습니다.

"응. 앞으로 우리 집에 놀러 올 땐 여름이라고 부르려고."

"왜?"

"널 만난 계절이 여름이고, 네가 태양의 여름을 삼킨 일도 있었고, 무엇보다 난 계절 중에 여름이 가장 좋거든."

"여름, 맘에 든다!"

시완이가 웃으며 말하자 페르페르도 웃었습니다. 그때 엄마가 방문을 두드리고 문을 열었습니다.

"오늘 물놀이 가는 날인 거 알지? 얼른 준비하고 나와."

"네!"

시완이와 페르페르는 동시에 대답하며 행복한 표정으로 마주보며
웃었습니다.